Niccolò Machiavelli

Dell'arte della guerra

Proemio di Niccolò Machiavegli, cittadino e segretario fiorentino sopr'al libro dell'arte della guerra a Lorenzo di Filippo Strozzi patrizio fiorentino.

Hanno, Lorenzo, molti tenuto e tengono questa opinione: che e' non sia cosa alcuna che minore convenienza abbia con un'altra, né che sia tanto dissimile, quanto la vita civile dalla militare. Donde si vede spesso, se alcuno disegna nello esercizio del soldo prevalersi, che subito, non solamente cangia abito, ma ancora ne' costumi, nelle usanze, nella voce e nella presenza da ogni civile uso si disforma; perché non crede potere vestire uno abito civile colui che vuole essere espedito e pronto a ogni violenza; né i civili costumi e usanze puote avere quello il quale giudica e quegli costumi essere effeminati e quelle usanze non favorevoli alle sue operazioni; né pare conveniente mantenere la presenza e le parole ordinarie a quello che con la barba e con le bestemmie vuole fare paura agli altri uomini, il che fa in questi tempi tale opinione essere verissima. Ma se si considerassono gli antichi ordini, non si troverebbono cose più unite più conformi e che, di necessità, tanto l'una amasse l'altra, quanto queste, perché tutte l'arti che si ordinano in una civiltà per cagione del bene comune degli uomini, tutti gli ordini fatti in quella per vivere con timore delle leggi e d'Iddio, sarebbono vani, se non fussono preparate le difese loro; le quali, bene ordinate mantengono quegli, ancora che non bene ordinati. E così, per il contrario, i buoni ordini, sanza il militare aiuto, non altrimenti si disordinano che l'abitazioni d'uno superbo e regale palazzo, ancora che ornate di gemme e d'oro, quando, sanza essere coperte, non avessono cosa che dalla pioggia le difendesse. E se in qualunque altro ordine delle cittadi e de' regni si usava ogni diligenza per mantenere gli uomini fedeli, pacifici e pieni del timore d'Iddio nella milizia si raddoppiava, perché in quale uomo debbe ricercare la patria maggiore fede, che in colui che le ha a promettere di morire per lei? In quale debbe essere più amore di pace, che in quello che solo dalla guerra puote essere offeso? In quale debbe essere più timore d'Iddio, che in colui che ogni dì, sottomettendosi a infiniti pericoli, ha più bisogno degli aiuti suoi? Questa necessità considerata bene, e da coloro che davano le leggi agli imperii, e da quegli che agli esercizi militari erano preposti, faceva che la vita de' soldati dagli altri uomini era lodata e con ogni studio seguitata e imitata. Ma per essere gli ordini militari al tutto corrotti e, di gran lunga, dagli antichi modi separati, ne sono nate queste sinistre opinioni, che fanno odiare la milizia e fuggire la conversazione di coloro che la esercitano. E giudicando io, per quello che io ho veduto e letto, ch'e' non sia impossibile ridurre quella negli antichi modi e renderle qualche forma della passata virtù, diliberai, per non passare questi mia oziosi tempi sanza operare alcuna cosa, di scrivere, a sodisfazione di quegli che delle antiche azioni sono amatori, della arte della guerra quello che io ne intenda. E benché sia cosa animosa trattare di quella materia della quale altri non ne abbia fatto professione, nondimeno io non credo sia errore occupare con le parole uno grado il quale molti, con maggiore prosunzione, con le opere hanno occupato; perché gli errori che io facessi, scrivendo, possono essere sanza danno d'alcuno corretti, ma quegli i quali da loro sono fatti, operando, non possono essere, se non con la rovina degli imperii, conosciuti. Voi pertanto, Lorenzo, considererete le qualità di queste mie fatiche e darete loro, con il vostro giudicio, quel biasimo o quella lode la quale vi parrà ch'elle abbiano meritato. Le quali a voi mando sì per dimostrarmi grato, ancora che la mia possibilità non vi aggiunga, de' benefizi ho ricevuto da voi, sì ancora, perché essendo consuetudine onorare di simili opere coloro i quali per nobiltà, ricchezze, ingegno e liberalità risplendono, conosco voi di ricchezze e nobiltà non avere molti pari, d'ingegno pochi e di liberalità niuno.

LIBRO PRIMO

Perché io credo che si possa lodare dopo la morte ogni uomo, sanza carico, sendo mancata ogni cagione e sospetto di adulazione, non dubiterò di lodare Cosimo Rucellai nostro, il nome del quale non fia mai ricordato da me sanza lagrime, avendo conosciute in lui quelle parti le quali, in uno buono amico dagli amici, in uno cittadino dalla sua patria si possono disiderare. Perché io non so quale cosa si fusse tanto sua (non eccettuando, non ch'altro, l'anima) che per gli amici volentieri da lui non fusse stata spesa; non so quale impresa lo avesse sbigottito, dove quello avesse conosciuto il bene della sua patria. E io confesso, liberamente, non avere riscontro, tra tanti uomini che io ho conosciuti e pratichi, uomo nel quale fusse il più acceso animo alle cose grandi e magnifiche. Né si dolse con gli amici d'altro, nella sua morte, se non di essere nato per morire giovane dentro alle sue case e inonorato, sanza avere potuto secondo l'animo suo giovare ad alcuno perché sapeva che di lui non si poteva parlare altro, se non che fusse morto uno buono amico. Non resta però, per questo, che noi, e qualunque altro che come noi lo conosceva, non possiamo fare fede, poi che l'opere non appariscono, delle sue lodevoli qualità. Vero è che non gli fu però in tanto la fortuna nimica, che non lasciasse alcun breve ricordo della destrezza del suo ingegno, come ne dimostrano alcuni suoi scritti e composizioni di amorosi versi; ne' quali, come che innamorato non fusse, per non consumare il tempo invano, tanto che a più alti pensieri la fortuna lo avesse condotto, nella sua giovenile età si esercitava, dove chiaramente si può comprendere con quanta felicità i suoi concetti descrivesse, e quanto nella poetica si fusse onorato, se quella, per suo fine, fusse da lui stata esercitata. Avendone pertanto privati la fortuna dello uso d'uno tanto amico, mi pare che non si possa farne altri rimedi che, il più che a noi è possibile cercare, di godersi la memoria di quello e repetere se da lui alcuna cosa fusse stata o acutamente detta o saviamente disputata. E perché non è cosa di lui più fresca, che il ragionamento il quale ne' prossimi tempi il signore Fabrizio Colonna dentro a' suoi orti ebbe con seco (dove largamente fu da quel signore delle cose della guerra disputato, e acutamente e prudentemente in buona parte da Cosimo domandato); mi è parso, essendo con alcuni altri nostri amici stato presente, ridurlo alla memoria, acciò che, leggendo quello, gli amici di Cosimo che quivi convennono, nel loro animo la memoria delle sue virtù rinfreschino, e gli altri, parte si dolgano di non vi essere intervenuti, parte molte cose utili alla vita non solamente militare, ma ancora civile, saviamente da uno sapientissimo uomo disputate, imparino.

Dico pertanto che, tornando Fabrizio Colonna di Lombardia, dove più tempo aveva per il re cattolico con grande sua gloria militato, diliberò, passando per Firenze, riposarsi alcuno giorno in quella città, per vicitare la eccellenza del duca e rivedere alcuni gentili uomini co' quali per lo addietro aveva tenuto qualche familiarità. Donde che a Cosimo parve convitarlo ne' suoi orti, non tanto per usare la sua liberalità quanto per avere cagione di parlar seco lungamente, e da quello intendere ed imparare varie cose, secondo che da un tale uomo si può sperare, parendogli avere occasione di spendere uno giorno in ragionare di quelle materie che allo animo suo sodisfacevano. Venne adunque Fabrizio, secondo che quello volle, e da Cosimo insieme con alcuni altri suoi fidati amici fu ricevuto, tra' quali furono Zanobi Buondelmonti, Batista della Palla e Luigi Alamanni, giovani tutti amati da lui e de' medesimi studi ardentissimi, le buone qualità de' quali, perché ogni giorno e ad ogni ora per se medesime si lodano, ommetterono. Fabrizio adunque fu, secondo i tempi e il luogo, di tutti quegli onori che si poterono maggiori onorato; ma passati i convivali piaceri e levate le tavole e consumato ogni ordine di festeggiare, il quale, nel conspetto degli uomini grandi e che a pensieri onorevoli abbiano la mente volta si consuma tosto, essendo il dì lungo e il caldo molto, giudicò Cosimo, per sodisfare meglio al suo disiderio, che fusse bene, pigliando l'occasione dal fuggire il caldo, condursi nella più segreta e ombrosa parte del suo giardino. Dove pervenuti e posti a sedere, chi sopra all'erba che in quel luogo è freschissima, chi sopra a sedili in quelle parti ordinati sotto l'ombra d'altissimi arbori, lodò Fabrizio il luogo come dilettevole; e considerando particolarmente gli arbori e alcuno di essi non ricognoscendo stava con l'animo sopeso. Della qual cosa accortosi Cosimo, disse: - Voi per avventura non avete notizia di parte di questi arbori; ma non ve ne maravigliate, perché ce ne sono alcuni più dagli antichi, che oggi dal comune uso, celebrati. - E dettogli il nome di essi, e come Bernardo suo avolo in tale cultura si era affaticato, replicò Fabrizio: - Io pensava che fusse quello che voi dite e questo luogo e questo studio mi faceva ricordare d'alcuni principi del Regno, i quali di queste antiche culture e ombre si dilettano. - E fermato in su questo il parlare e stato alquanto sopra di sé come sospeso, soggiunse: - Se io non credessi offendere, io ne direi la mia opinione; ma io non lo credo fare, parlando con gli amici, e per disputare le cose e non per calunniarle. Quanto meglio arebbono fatto quelli, sia detto con pace di tutti, a cercare di somigliare gli antichi nelle cose forti e aspre, non nelle delicate e molli, e in quelle che facevano sotto il sole, non sotto l'ombra, e pigliare i modi della antichità vera e perfetta, non quelli della falsa e corrotta; perché, poi che questi studi piacquero ai miei Romani, la mia patria rovinò. - A che Cosimo rispose... Ma per fuggire i fastidi d'avere a repetere tante volte "quel disse e quello altro soggiunse", si noteranno solamente i nomi di chi parli, sanza replicarne altro. Disse dunque

COSIMO Voi avete aperto la via a uno ragionamento quale io desiderava, e vi priego che voi parliate sanza rispetto, perché io sanza rispetto vi domanderò; e se io, domandando o replicando, scuserò o accuserò alcuno, non sarà per scusare o per accusare, ma per intendere da voi la verità.

FABRIZIO E io sarò molto contento di dirvi quel che io intenderò di tutto quello mi domanderete; il che se sarà vero o no, me ne rapporterò al vostro giudicio. E mi sarà grato mi domandiate; perché io sono per imparare così da voi nel domandarmi, come voi da me nel rispondervi; perché molte volte uno savio domandatore fa a uno considerare molte cose e conoscerne molte altre, le quali, sanza esserne domandato, non arebbe mai conosciute.

COSIMO Io voglio tornare a quello che voi dicesti prima: che lo avolo mio e quegli vostri arebbero fatto più saviamente a somigliare gli antichi nelle cose aspre che nelle delicate; e voglio scusare la parte mia, perché l'altra lascerò scusare a voi. Io non credo ch'egli fusse, ne' tempi suoi, uomo che tanto detestasse il vivere molle quanto egli, e che tanto fusse amatore di quella asprezza di vita che voi lodate; nondimeno e' conosceva non potere nella persona sua, né in quella de' suoi figliuoli, usarla, essendo nato in tanta corruttela di secolo, dove uno che si volesse partire dal comune uso, sarebbe infame e vilipeso da ciascheduno. Perché se uno ignudo, di state, sotto il più alto sole si rivoltasse sopr'alla rena, o di verno ne' più gelati mesi sopra alla neve, come faceva Diogene, sarebbe tenuto pazzo. Se uno, come gli Spartani, nutrisse i suoi figliuoli in villa, facessegli dormire al sereno, andare col capo e co' piedi ignudi, lavare nell'acqua fredda per indurgli a poter sopportare il male e per fare loro amare meno la vita e temere meno la morte, sarebbe schernito e tenuto piuttosto una fiera che uno uomo. Se fusse ancora veduto uno nutrirsi di legumi e spregiare l'oro, come Fabrizio, sarebbe lodato da pochi e seguito da niuno. Tal che, sbigottito da questi modi del vivere presente, egli lasciò gli antichi, e in quello che potette con minore ammirazione imitare l'antichità, lo fece.

FABRIZIO Voi lo avete scusato in questa parte gagliardamente, e certo voi dite il vero; ma io non parlava tanto di questi modi di vivere duri, quanto di altri modi più umani e che hanno con la vita d'oggi maggiore conformità; i quali io non credo che ad uno che sia numerato tra' principi d'una città, fusse stato difficile introdurgli. Io non mi partirò mai, con lo esemplo di qualunque cosa, da' miei Romani. Se si considerasse la vita di quegli e l'ordine di quella republica, si vedrebbero molte cose in essa non impossibili ad introdurre in una civiltà dove fusse qualche cosa ancora del buono.

COSIMO Quali cose sono quelle che voi vorresti introdurre simili all'antiche?

FABRIZIO Onorare e premiare le virtù, non dispregiare la povertà, stimare i modi e gli ordini della disciplina militare, constringere i cittadini ad amare l'uno l'altro, a vivere sanza sètte, a stimare meno il privato che il publico, e altre simili cose che facilmente si potrebbono con questi tempi accompagnare. I quali modi non sono difficili persuadere, quando vi si pensa assai ed entrasi per li debiti mezzi, perché in essi appare tanto la verità, che ogni comunale ingegno ne puote essere capace; la quale cosa chi ordina, planta arbori sotto l'ombra de' quali si dimora più felice e più lieto che sotto questa.

COSIMO Io non voglio replicare, a quello che voi avete detto, alcuna cosa, ma ne voglio lasciare dare giudicio a questi, i quali facilmente ne possono giudicare; e volgerò il mio parlare a voi, che siete accusatore di coloro che nelle gravi e grandi azioni non sono degli antichi imitatori, pensando, per questa via, più facilmente essere nella mia intenzione sodisfatto. Vorrei pertanto sapere da voi, donde nasce che dall'un canto voi danniate quegli che nelle azioni loro gli antichi non somigliano; dall'altro, nella guerra, la quale è l'arte vostra e in quella che voi siete giudicato eccellente, non si vede che voi abbiate usato alcuno termine antico, o che a quegli alcuna similitudine renda.

FABRIZIO Voi siete capitato appunto dove io vi aspettava, perché il parlare mio non meritava altra domanda, né io altra ne desiderava. E benché io mi potessi salvare con una facile scusa, nondimeno voglio entrare, a più sodisfazione mia e vostra, poi che la stagione lo comporta, in più lungo ragionamento. Gli uomini che vogliono fare una cosa, deono prima con ogni industria prepararsi, per essere, venendo l'occasione, apparecchiati a sodisfare a quello che si hanno presupposto di operare. E perché, quando le preparazioni sono fatte cautamente elle non si conoscono, non si può accusare alcuno d'alcuna negligenza, se prima non è scoperto dalla occasione; nella quale poi, non operando, si vede o che non si è preparato tanto che basti, o che non vi ha in alcuna parte pensato. E perché a me non è venuta occasione alcuna di potere mostrare i preparamenti da me fatti per potere ridurre la milizia negli antichi suoi ordini, se io non la ho ridotta, non ne posso essere da voi né da altri incolpato. Io credo che questa scusa basterebbe per risposta all'accusa vostra.

COSIMO Basterebbe, quando io fussi certo che l'occasione non fusse venuta.

FABRIZIO Ma perché io so che voi potete dubitare se questa occasione è venuta o no, voglio io largamente, quando voi vogliate con pazienza ascoltarmi discorrere quali preparamenti sono necessarii prima fare, quale occasione bisogna nasca, quale difficultà impedisce che i preparamenti non giovano e che l'occasione non venga; e come questa cosa a un tratto, che paiono termini contrarii, è difficilissima e facilissima a fare.

COSIMO Voi non potete fare, e a me e a questi altri, cosa più grata di questa; e se a voi non rincrescerà il parlare, mai a noi non rincrescerà l'udire. Ma perché questo ragionamento debbe esser lungo, io voglio aiuto da questi miei amici con licenza vostra; e loro e io vi preghiamo d'una cosa che voi non pigliate fastidio se qualche volta, con qualche domanda importuna, vi interrompereno.

FABRIZIO Io sono contentissimo che voi, Cosimo, con questi altri giovani qui mi domandiate, perché io credo che la gioventù vi faccia più amici delle cose militari e più facili a credere quello che da me si dirà. Questi altri, per aver già il capo bianco e avere i sangui ghiacciati addosso, parte sogliono essere nimici della guerra, parte incorreggibili, come quegli che credono che i tempi e non i cattivi modi costringano gli uomini a vivere così. Sì che domandatemi tutti voi sicuramente e sanza rispetto; il che io disidero, sì perché mi fia un poco di riposo, sì perché io arò piacere non lasciare nella mente vostra alcuna dubitazione. Io mi voglio cominciare dalle parole vostre, dove voi mi dicesti che nella guerra, che è l'arte mia, io non aveva usato alcun termine antico. Sopra a che dico come, essendo questa una arte mediante la quale gli uomini d'ogni tempo non possono vivere onestamente, non la può usare per arte se non una republica o uno regno; e l'uno e l'altro di questi, quando sia bene ordinato, mai non consentì ad alcuno suo cittadino o suddito usarla per arte; né mai alcuno uomo buono l'esercitò per sua particulare arte. Perché buono non sarà mai giudicato colui che faccia uno esercizio che, a volere d'ogni tempo trarne utilità, gli convenga essere rapace, fraudolento, violento e avere molte qualitadi le quali di necessità lo facciano non buono; né possono gli uomini che l'usano per arte, così i grandi come i minimi, essere fatti altrimenti, perché questa arte non gli nutrisce nella pace; donde che sono necessitati o pensare che non sia pace, o tanto prevalersi ne' tempi della guerra, che possano nella pace nutrirsi. E qualunque l'uno di questi due pensieri non cape in uno uomo buono; perché dal volersi potere nutrire d'ogni tempo, nascono le ruberie, le violenze, gli assassinamenti che tali soldati fanno così agli amici come a' nimici; e dal non volere la pace nascono gli inganni che i capitani fanno a quegli che gli conducono, perché la guerra duri; e se pure la pace viene, spesso occorre che i capi, sendo privi degli stipendi e del vivere, licenziosamente rizzano una bandiera di ventura e sanza alcuna piatà saccheggiano una provincia. Non avete voi nella memoria delle cose vostre come, trovandosi assai soldati in Italia sanza soldo per essere finite le guerre, si ragunarono insieme più brigate, le quali si chiamarono Compagnie, e andavano taglieggiando le terre e saccheggiando il paese, sanza che vi si potesse fare alcuno rimedio? Non avete voi letto che i soldati cartaginesi, finita la prima guerra ch'egli ebbero co' Romani, sotto Mato e Spendio, due capi fatti tumultuariamente da loro, feciono più pericolosa guerra a' Cartaginesi che quella che loro avevano finita co' Romani? Ne' tempi de' padri nostri, Francesco Sforza, per potere vivere onorevolmente ne' tempi della pace, non solamente ingannò i Milanesi de' quali era soldato, ma tolse loro la libertà e divenne loro principe. Simili a costui sono stati tutti gli altri soldati di Italia, che hanno usata la milizia per loro particolare arte; e se non sono, mediante le loro malignitadi, diventati duchi di Milano, tanto più meritano di essere biasimati, perché sanza tanto utile hanno tutti, se si vedesse la vita loro, i medesimi carichi. Sforza, padre di Francesco, costrinse la reina Giovanna a gittarsi nelle braccia del re di Ragona, avendola in un subito abbandonata e in mezzo a' suoi nimici lasciatala disarmata, solo per sfogare l'ambizione sua o di taglieggiarla o di torle il regno. Braccio, con le medesime industrie, cercò di occupare il regno di Napoli, e se non era rotto e morto a l'Aquila, gli riusciva. Simili disordini non nascono da altro che da essere stati uomini che usavano lo esercizio del soldo per loro propria arte. Non avete voi uno proverbio il quale fortifica le mie ragioni, che dice: «La guerra fa i ladri, e la pace gl'impicca?». Perché quegli che non sanno vivere d'altro esercizio, e in quello non trovando chi gli sovvenga e non avendo tanta virtù che sappiano ridursi insieme a fare una cattività onorevole, sono forzati dalla necessità rompere la strada, e la giustizia è forzata spegnerli.

COSIMO Voi m'avete fatto tornare questa arte del soldo quasi che nulla, e io me la aveva presupposta la più eccellente e la più onorevole che si facesse; in modo che, se voi non me la dichiarate meglio, io non resto sodisfatto, perché, quando sia quello che voi dite, io non so donde si nasca la gloria di Cesare, di Pompeo, di Scipione, di Marcello, e di tanti capitani romani che sono per fama celebrati come dii.

FABRIZIO Io non ho ancora finito di disputare tutto quello che io proposi, che furono due cose: l'una, che uno uomo buono non poteva usare questo esercizio per sua arte; l'altra, che una republica o uno regno bene ordinato non permesse mai che i suoi suggetti o i suoi cittadini la usassono per arte. Circa la prima ho parlato quanto mi è occorso, restami a parlare della seconda, dove io verrò a rispondere a questa ultima domanda vostra, e dico che Pompeo e Cesare, e quasi tutti quegli capitani che furono a Roma dopo l'ultima guerra cartaginese, acquistarono fama come valenti uomini, non come buoni; e quegli che erano vivuti avanti a loro, acquistarono gloria come valenti e buoni. Il che nacque perché questi non presero lo esercizio della guerra per loro arte, e quegli che io nominai prima, come loro arte la usarono. E in mentre che la republica visse immaculata, mai alcuno cittadino grande non presunse, mediante tale esercizio, valersi nella pace, rompendo le leggi, spogliando le provincie, usurpando e tiranneggiando la patria e in ogni modo prevalendosi; né alcuno d'infima fortuna pensò di violare il sacramento, aderirsi agli uomini privati, non temere il senato, o seguire alcuno tirannico insulto per potere vivere, con l'arte della guerra, d'ogni tempo. Ma quegli che erano capitani, contenti del trionfo, con disiderio tornavono alla vita privata; e quelli che erano membri, con maggior voglia deponevano le armi che non le pigliavano; e ciascuno tornava all'arte sua mediante la quale si aveva ordinata la vita; né vi fu mai alcuno che sperasse con le prede e con questa arte potersi nutrire. Di questo se ne può fare, quanto a' cittadini grandi, evidente coniettura mediante Regolo Attilio, il quale, sendo capitano degli eserciti romani in Affrica e avendo quasi che vinti i Cartaginesi, domandò al senato licenza di ritornarsi a casa a custodire i suoi poderi che gli erano guasti dai suoi lavoratori. Donde è più chiaro che il sole, che, se quello avesse usata la guerra come sua arte e, mediante quella, avesse pensato farsi utile, avendo in preda tante provincie, non arebbe domandato licenza per tornare a custodire i suoi campi; perché ciascuno giorno arebbe molto più, che non era il prezzo di tutti quegli, acquistato. Ma perché questi uomini buoni, e che non usano la guerra per loro arte, non vogliono trarre di quella se non fatica, pericoli e gloria, quando e' sono a sufficienza gloriosi disiderano tornarsi a casa e vivere dell'arte loro. Quanto agli uomini bassi e soldati gregarii, che sia vero che tenessono il medesimo ordine apparisce, che ciascuno volentieri si discostava da tale esercizio e, quando non militava, arebbe voluto militare e, quando militava, arebbe voluto essere licenziato. Il che si riscontra per molti modi, e massime vedendo come, tra' primi privilegi che dava il popolo romano a un suo cittadino, era che non fusse constretto fuora di sua volontà a militare. Roma pertanto, mentre ch'ella fu bene ordinata (che fu infino a' Gracchi) non ebbe alcuno soldato che pigliasse questo esercizio per arte; e però ne ebbe pochi cattivi, e quelli tanti furono severamente puniti. Debbe adunque una città bene ordinata volere che questo studio di guerra si usi ne' tempi di pace per esercizio e ne' tempi di guerra per necessità e per gloria, e al publico solo lasciarla usare per arte, come fece Roma. E qualunque cittadino che ha in tale esercizio altro fine, non è buono; e qualunque città si governa altrimenti, non è bene ordinata.

COSIMO Io resto contento assai e sodisfatto di quello che insino a qui avete detto, e piacemi assai questa conclusione che voi avete fatta; e quanto si aspetta alla republica, io credo ch'ella sia vera; ma quanto ai re, non so già, perché io crederrei che uno re volesse avere intorno chi particolarmente prendesse, per arte sua, tale esercizio.

FABRIZIO Tanto più debbe uno regno bene ordinato fuggire simili artefici, perché solo essi sono la corruttela del suo re e, in tutto, ministri della tirannide. E non mi allegate all'incontro alcuno regno presente, perché io vi negherò quelli essere regni bene ordinati. Perché i regni che hanno buoni ordini, non danno lo imperio assoluto agli loro re se non nelli eserciti; perché in questo luogo solo è necessaria una subita diliberazione e, per questo, che vi sia una unica podestà. Nell'altre cose non può fare alcuna cosa sanza consiglio; e hanno a temere, quegli che lo consigliano, che gli abbi alcuno appresso che ne' tempi di pace disideri la guerra, per non potere sanza essa vivere. Ma io voglio in questo essere un poco più largo, né ricercare uno regno al tutto buono, ma simile a quegli che sono oggi; dove ancora da' re deono esser temuti quegli che prendono per loro arte la guerra, perché il nervo degli eserciti, sanza alcun dubbio, sono le fanterie. Tal che, se uno re non si ordina in modo che i suoi fanti a tempo di pace stieno contenti tornarsi a casa e vivere delle loro arti, conviene di necessità che rovini; perché non si truova la più pericolosa fanteria che quella che è composta di coloro che fanno la guerra come per loro arte, perché tu sei forzato o a fare sempre mai guerra, o a pagargli sempre, o a portare pericolo che non ti tolgano il regno. Fare guerra sempre non è possibile; pagargli sempre non si può; ecco che di necessità si corre ne' pericoli di perdere lo stato. I miei Romani, come ho detto, mentre che furono savi e buoni, mai non permessero che i loro cittadini pigliassono questo esercizio per loro arte, non ostante che potessono nutrirgli d'ogni tempo, perché d'ogni tempo fecero guerra. Ma per fuggire quel danno che poteva fare loro questo continuo esercizio, poiché il tempo non variava, ei variavano gli uomini, e andavano temporeggiando in modo con le loro legioni, che in quindici anni sempre l'avevano rinnovate; e così si valevano degli uomini nel fiore della loro età, che è da diciotto a' trentacinque anni, nel qual tempo le gambe, le mani e l'occhio rispondevano l'uno all'altro; né aspettavano che in loro scemasse le forze e crescesse la malizia, com'ella fece poi ne' tempi corrotti. Perché Ottaviano, prima, e poi Tiberio, pensando più alla potenza propria che all'utile publico, cominciarono a disarmare il popolo romano per poterlo più facilmente comandare, e a tenere continuamente quegli medesimi eserciti alle frontiere dello Imperio. E perché ancora non giudicarono bastassero a tenere in freno il popolo e senato romano, ordinarono uno esercito chiamato Pretoriano, il quale stava propinquo alle mura di Roma ed era come una rocca addosso a quella città. E perché allora ei cominciarono liberamente a permettere che gli uomini deputati in quelli eserciti usassero la milizia per loro arte, ne nacque subito la insolenza di quegli, e diventarono formidabili al senato e dannosi allo imperadore; donde ne risultò che molti ne furono morti dalla insolenza loro, perché davano e toglievano l'imperio a chi pareva loro; e talvolta occorse che in uno medesimo tempo erano molti imperadori creati da varii eserciti. Dalle quali cose procedé, prima, la divisione dello Imperio e, in ultimo, la rovina di quello. Deono pertanto i re, se vogliono vivere sicuri, avere le loro fanterie composte di uomini che, quando egli è tempo di fare guerra, volentieri per suo amore vadano a quella, e, quando viene poi la pace, più volentieri se ne ritornino a casa. Il che sempre fia, quando egli scerrà uomini che sappiano vivere d'altra arte che di questa. E così debbe volere, venuta la pace, che i suoi principi tornino a governare i loro popoli, i gentili uomini al culto delle loro possessioni, e i fanti alla loro particolare arte: e ciascuno d'essi faccia volentieri la guerra per avere pace, e non cerchi turbare la pace per avere guerra.

COSIMO Veramente questo vostro ragionamento mi pare bene considerato; nondimeno, sendo quasi che contrario a quello che io insino a ora ne ho pensato, non mi resta ancora l'animo purgato d'ogni dubbio; perché io veggo assai signori e gentili uomini nutrirsi a tempo di pace mediante gli studii della guerra, come sono i pari vostri che hanno provvisioni dai principi e dalle comunità. Veggo ancora quasi tutti gli uomini d'arme rimanere con le provvisioni loro; veggo assai fanti restare nelle guardie delle città e delle fortezze, tale che mi pare che ci sia luogo, a tempo di pace, per ciascuno.

FABRIZIO Io non credo che voi crediate questo, che a tempo di pace ciascheduno abbia luogo; perché, posto che non se ne potesse addurre altra ragione, il poco numero che fanno tutti coloro che rimangono ne' luoghi allegati da voi, vi risponderebbe: che proporzione hanno le fanterie che bisognano nella guerra, con quelle che nella pace si adoperano? Perché le fortezze e le città che si guardano a tempo di pace, nella guerra si guardano molto più; a che si aggiungono i soldati che si tengono in campagna, che sono un numero grande, i quali tutti nella pace si abbandonano. E circa le guardie degli stati, che sono uno piccolo numero, papa Iulio e voi avete mostro a ciascuno quanto sia da temere quegli che non vogliono sapere fare altra arte che la guerra; e gli avete per la insolenza loro privi delle vostre guardie e postovi Svizzeri, come nati e allevati sotto le leggi e eletti dalle comunità, secondo la vera elezione; sì che non dite più che nella pace sia luogo per ogni uomo. Quanto alle genti d'arme rimanendo quelle nella pace tutte con li loro soldi, pare questa soluzione più difficile; nondimeno, chi considera bene tutto, truova la risposta facile, perché questo modo del tenere le genti d'arme è modo corrotto e non buono. La cagione è perché sono uomini che ne fanno arte, e da loro nascerebbe ogni dì mille inconvenienti nelli stati dove ei fussono, se fussero accompagnati da compagnia sufficiente, ma sendo pochi e non potendo per loro medesimi fare un esercito, non possono fare così spesso danni gravi. Nondimeno ne hanno fatti assai volte, come io vi dissi di Francesco e di Sforza, suo padre e di Braccio da Perugia. Sì che questa usanza di tenere le genti d'arme, io non la appruovo, ed è corrotta e può fare inconvenienti grandi.

COSIMO Vorresti voi fare sanza? o, tenendone, come le vorresti tenere?

FABRIZIO Per via d'ordinanza; non simile a quella del re di Francia, perch'ella è pericolosa ed insolente come la nostra, ma simile a quelle degli antichi; i quali creavano la cavalleria di sudditi loro, e ne' tempi di pace gli mandavano alle case loro a vivere delle loro arti, come più largamente, prima finisca questo ragionamento, disputerò. Sì che, se ora questa parte di esercito può vivere in tale esercizio, ancora quando sia pace, nasce dall'ordine corrotto. Quanto alle provvisioni che si riserbano a me e agli altri capi, vi dico che questo medesimamente è uno ordine corrottissimo; perché una savia republica non le debbe dare ad alcuno; anzi debbe operare per capi, nella guerra, i suoi cittadini e, a tempo di pace, volere che ritornino all'arte loro. Così ancora uno savio re o e' non le debbe dare o, dandole, debbono essere le cagioni: o per premio di alcuno egregio fatto, o per volersi valere d'uno uomo così nella pace come nella guerra. E perché voi allegasti me, io voglio esemplificare sopra di me; e dico non aver mai usata la guerra per arte, perché l'arte mia è governare i miei sudditi e defendergli, e per potergli defendere, amare la pace e saper fare la guerra. Ed il mio re non tanto mi premia e stima per intendermi io della guerra, quanto per sapere io ancora consigliarlo nella pace. Non debbe adunque alcuno re volere appresso di sé alcuno che non sia così fatto s'egli è savio e prudentemente si voglia governare; perché, s'egli arà intorno, o troppi amatori della pace, o troppi amatori della guerra, lo faranno errare. Io non vi posso, in questo mio primo ragionamento e secondo le proposte mie, dire altro; e quando questo non vi basti, conviene cerchiate di chi vi sodisfaccia meglio. Potete bene avere cominciato a conoscere quanta difficultà sia ridurre i modi antichi nelle presenti guerre, e quali preparazioni ad uno uomo savio conviene fare, e quali occasioni si possa sperare a poterle esequire; ma voi di mano in mano conoscerete queste cose meglio, quando non vi infastidisca il ragionamento, conferendo qualunque parte degli antichi ordini ai modi presenti.

COSIMO Se noi desideravamo prima di udirvi ragionare di queste cose, veramente quello che infino ad ora ne avete detto, ne ha raddoppiato il disiderio; pertanto noi vi ringraziamo di quel che noi avemo avuto, e il restante vi domandiamo.

FABRIZIO Poiché così vi è in piacere, io voglio cominciare a trattare questa materia da principio, acciò meglio s'intenda, potendosi per quel modo più largamente dimostrare. Il fine di chi vuole fare guerra è potere combattere con ogni nimico alla campagna e potere vincere una giornata. A volere far questo, conviene ordinare uno esercito. A ordinare lo esercito, bisogna trovare gli uomini, armargli, ordinargli, e ne' piccoli e ne' grossi ordini esercitargli, alloggiargli, e al nimico di poi, o stando o camminando, rappresentargli. In queste cose consiste tutta la industria della guerra campale, che è la più necessaria e la più onorata. E chi sa bene presentare al nimico una giornata, gli altri errori che facesse ne' maneggi della guerra sarebbono sopportabili; ma chi manca di questa disciplina, ancora che negli altri particolari valesse assai, non condurrà mai una guerra a onore; perché una giornata che tu vinca, cancella ogni altra tua mala azione; così medesimamente, perdendola, restono vane tutte le cose bene da te avanti operate. Sendo pertanto necessario prima trovare gli uomini, conviene venire al deletto di essi, ché così lo chiamavano gli antichi; il che noi diremmo scelta, ma, per chiamarlo per nome più onorato, io voglio gli serviamo il nome del deletto. Vogliono coloro che alla guerra hanno dato regole, che si eleggano gli uomini de' paesi temperati, acciò ch'egli abbino animo e prudenza; perché il paese caldo gli genera prudenti e non animosi, il freddo animosi e non prudenti. Questa regola è bene data a uno che sia principe di tutto il mondo e, per questo, gli sia lecito trarre gli uomini di quegli luoghi che a lui verrà bene; ma volendo darne una regola che ciascun possa usarla, conviene dire che ogni republica e ogni regno debbe scerre i soldati de' paesi suoi, o caldi o freddi o temperati che si sieno. Per che si vede, per gli antichi esempli, come in ogni paese con lo esercizio si fa buoni soldati; perché, dove manca la natura, sopperisce la 'ndustria, la quale in questo caso vale più che la natura. Ed eleggendogli in altri luoghi, non si può chiamare deletto, perché deletto vuol dire tòrre i migliori d'una provincia e avere potestà di eleggere quegli che non vogliono, come quegli che vogliono, militare. Non si può pertanto fare questo deletto se non ne' luoghi a te sottoposti, perché tu non puoi tòrre chi tu vuoi ne' paesi che non sono tuoi, ma ti bisogna prendere quelli che vogliono.

COSIMO E' si può pure di quelli che voglion venire, torne e lasciarne; e per questo si può chiamare deletto.

FABRIZIO Voi dite il vero in uno certo modo; ma considerate i difetti che ha tale deletto in sé, perché ancora molte volte occorre che non è deletto. La prima cosa: quegli che non sono tuoi sudditi e che voluntarii militano, non sono de' migliori, anzi sono de' più cattivi d'una provincia; perché se alcuni vi sono scandolosi, oziosi, sanza freno, sanza religione, fuggitisi dallo imperio del padre, bestemmiatori, giucatori, in ogni parte male nutriti, sono quegli che vogliono militare; i quali costumi non possono essere più contrarii a una vera e buona milizia. Quando di tali uomini ti se ne offerisce tanti che te ne avanzi al numero che tu hai disegnato, tu puoi eleggergli; ma, sendo la materia cattiva, non è possibile che il deletto sia buono. Ma molte volte interviene che non sono tanti ch'egli adempino il numero di che tu hai bisogno; tal che, sendo forzato prendergli tutti, ne nasce che non si può chiamare più fare deletto ma soldare fanti. Con questo disordine si fanno oggi gli eserciti in Italia e altrove eccetto che nella Magna, perché non si solda alcuno per comandamento del principe, ma secondo la volontà di chi vuole militare. Pensate adunque ora voi che modi di quegli antichi eserciti si possano introdurre in uno esercito di uomini messi insieme per simile via.

COSIMO Quale via si arebbe a tenere adunque?

FABRIZIO Quella che io dissi: scergli di suoi suggetti e con l'autorità del principe.

COSIMO Negli scelti così introdurrebbesi alcuna antica forma?

FABRIZIO Ben sapete che sì, quando chi li comandasse fusse loro principe o signore ordinario, quando fusse principato; o come cittadino e, per quel tempo, capitano, sendo una republica; altrimenti è difficile fare cosa di buono.

COSIMO Perché?

FABRIZIO Io vel dirò al tempo; per ora voglio vi basti questo: che non si può operare bene per altra via.

COSIMO Avendosi adunque a far questo deletto ne' suoi paesi, donde giudicate voi sia meglio trarli, o della città o del contado?

FABRIZIO Questi che ne hanno scritto, tutti s'accordano che sia meglio eleggergli del contado, sendo uomini avvezzi a' disagi, nutriti nelle fatiche, consueti stare al sole, fuggire l'ombra, sapere adoperare il ferro, cavare una fossa, portare un peso, ed essere sanza astuzia e sanza malizia. Ma in questa parte l'opinione mia sarebbe che, sendo di due ragioni soldati, a piè e a cavallo, che si eleggessero quegli a piè del contado e gli a cavallo delle cittadi.

COSIMO Di quale età gli torresti voi?

FABRIZIO Torre'gli, quando io avessi a fare nuova milizia, da' diciassette a' quaranta anni; quando la fusse fatta e io l'avessi a instaurare, di diciassette, sempre.

COSIMO Io non intendo bene questa distinzione.

FABRIZIO Dirovvi. Quando io avessi a ordinare una milizia dov'ella non fusse, sarebbe necessario eleggere tutti quegli uomini che fussero più atti, pure che fussero di età militare, per potergli instruire, come per me si dirà; ma quando io avessi a fare il deletto ne' luoghi dove fusse ordinata questa milizia, per supplimento di essa gli torrei di diciassette anni, perché gli altri di più tempo sarebbono scelti e descritti.

COSIMO Dunque vorresti voi fare una ordinanza simile a quella che è ne' paesi nostri.

FABRIZIO Voi dite bene. Vero è che io gli armerei, capitanerei, eserciterei e ordinerei in un modo, che io non so se voi gli avete ordinati così.

COSIMO Dunque lodate voi l'ordinanza?

FABRIZIO Perché, volete voi che io la danni?

COSIMO Perché molti savi uomini l'hanno sempre biasimata.

FABRIZIO Voi dite una cosa contraria a dire che un savio biasimi l'ordinanza, ei può bene essere tenuto savio ed essergli fatto torto.

COSIMO La cattiva pruova ch'ella ha fatto sempre, farà avere per noi tale opinione.

FABRIZIO Guardate che non sia il difetto vostro, non il suo, il che voi conoscerete prima che si fornisca questo ragionamento.

COSIMO Voi ne farete cosa gratissima; pure io vi voglio dire in quello che costoro l'accusano, acciò voi possiate meglio giustificarne. Dicono costoro così: o ella fia inutile e fidandoci noi di quella ci farà perdere lo stato; o ella fia virtuosa, e, mediante quella, chi la governa ce lo potrà facilmente tòrre. Allegano i Romani, i quali, mediante queste armi proprie, perderono la libertà; allegano i Viniziani e il re di Francia, de' quali quelli, per non avere ad ubbidire a un loro cittadino, usano le armi d'altri, e il re ha disarmati i suoi popoli per potergli più facilmente comandare. Ma temono più assai la inutilità che questo. Della quale inutilità ne allegano due ragioni principali: una, per essere inesperti, l'altra, per avere a militare per forza; perché dicano che da grande non si imparano le cose, e a forza non si fece mai nulla bene.

FABRIZIO Tutte queste ragioni che voi dite, sono da uomini che cognoschino le cose poco discosto, come io apertamente vi mostrerrò. E prima, quanto alla inutilità, io vi dico che non si usa milizia più utile che la propria, né si può ordinare milizia propria se non in questo modo. E perché questo non ha disputa, io non ci voglio molto perdere tempo, perché tutti gli esempli delle istorie antiche fanno per noi. E perché eglino allegano la inesperienza e la forza, dico come egli è vero che la inesperienza fa poco animo e la forza fa mala contentezza; ma l'animo e l'esperienza si fa guadagnare loro con il modo dello armargli, esercitargli ed ordinargli, come nel procedere di questo ragionamento vedrete. Ma, quanto alla forza, voi avete a intendere che gli uomini che si conducono alla milizia per comandamento del principe, vi hanno a venire né al tutto forzati, né al tutto volontarii, perché tutta la volontà farebbe gli inconvenienti che io dissi di sopra: che non sarebbe deletto e sarebbono pochi quegli che andassero; e così la tutta forza partorirebbe cattivi effetti. Però si debbe prendere una via di mezzo dove non sia né tutta forza né tutta volontà, ma sieno tirati da uno rispetto ch'egli abbiano al principe, dove essi temano più lo sdegno di quello, che la presente pena; e sempre occorrerà ch'ella fia una forza in modo mescolata con la volontà, che non ne potrà nascere tale mala contentezza che faccia mali effetti. Non dico già, per questo, ch'ella non possa essere vinta, perché furono vinti tante volte gli eserciti romani, e fu vinto lo esercito d'Annibale; tale che si vede che non si può ordinare uno esercito, del quale altri si prometta che non possa essere rotto. Pertanto questi vostri uomini savi non deono misurare questa inutilità dallo avere perduto una volta, ma credere che, così come e' si perde, e' si possa vincere e rimediare alla cagione della perdita. E quando ei cercassero questo, troverebbono che non sarebbe stato per difetto del modo, ma dell'ordine che non aveva la sua perfezione; e, come ho detto, dovevano provvedervi, non con biasimare l'ordinanza, ma con ricorreggerla; il che come si debbe fare, lo intenderete di mano in mano. Quanto al dubitare che tale ordine non ti tolga lo stato mediante uno che se ne faccia capo, rispondo che l'arme in dosso a' suoi cittadini o sudditi, date dalle leggi e dall'ordine, non fecero mai danno, anzi sempre fanno utile e mantengonsi le città più tempo immaculate mediante queste armi, che sanza. Stette Roma libera quattrocento anni, ed era armata; Sparta, ottocento; molte altre città sono state disarmate, e sono state libere meno di quaranta. Perché le città hanno bisogno delle armi; e quando non hanno armi proprie, soldano delle forestiere; e più presto noceranno al bene publico l'armi forestiere, che le proprie, perché le sono più facili a corrompersi e più tosto uno cittadino che diventi potente se ne può valere; e parte ha più facile materia a maneggiare, avendo ad opprimere uomini disarmati. Oltre a questo una città debbe più temere due nimici che uno. Quella che si vale dell'armi forestiere, teme ad uno tratto il forestiero ch'ella solda e il cittadino; e che questo timore debba essere, ricordivi di quello che io dissi poco fa di Francesco Sforza. Quella che usa l'arme proprie, non teme se non il suo cittadino. Ma per tutte le ragioni che si potessono dire, voglio mi serva questa: che mai alcuno ordinò alcuna republica o regno, che non pensasse che quegli medesimi che abitavano quella, con le armi l'avessono a difendere. E se i Viniziani fussero stati savi in questo come in tutti gli altri loro ordini, eglino arebbono fatto una nuova monarchia nel mondo. I quali tanto più meritano biasimo, sendo stati dai loro primi datori di legge, armati. Ma non avendo dominio in terra, erano armati in mare, dove ferono le loro guerre virtuosamente e, con l'armi in mano, accrebbero la loro patria. Ma venendo tempo ch'eglino ebbero a fare guerra in terra per difendere Vicenza, dove essi dovevano mandare uno loro cittadino a combattere in terra, ci soldarono per loro capitano il marchese di Mantova. Questo fu quel partito sinistro che tagliò loro le gambe del salire in cielo e dello ampliare. E se lo fecero per credere che, come che ei sapessono far guerra in mare, ei si diffidassono farla in terra, ella fu una diffidenza non savia; perché più facilmente un capitano di mare, che è uso a combattere con i venti, con l'acque e con gli uomini, diventerà capitano di terra, dove si combatte con gli uomini solo, che uno di terra non diventerà di mare. E i miei Romani, sapendo combattere in terra e non in mare, venendo a guerra con i Cartaginesi che erano potenti in mare, non soldarono Greci o Spagnuoli consueti in mare, ma imposero quella cura a' loro cittadini che mandavano in terra, e vinsero. Se lo ferono perché uno loro cittadino non diventasse tiranno, ei fu uno timore poco considerato; perché, oltre a quelle ragioni che a questo proposito poco fa dissi, se uno cittadino con l'armi di mare non si era mai fatto tiranno in una città posta in mare, tanto meno arebbe potuto fare questo con le armi di terra. E, mediante questo, dovevano vedere che l'armi in mano a' loro cittadini non gli potevano fare tiranni, ma i malvagi ordini del governo che fanno tiranneggiare una città; e avendo quegli buono governo, non avevano a temere delle loro armi. Presero pertanto uno partito imprudente; il che è stato cagione di torre loro di molta gloria e di molta felicità. Quanto allo errore che fa il re di Francia a non tenere disciplinati i suoi popoli alla guerra (il che quelli vostri allegano per esempio) non è alcuno, deposta qualche sua particolare passione, che non giudichi questo difetto essere in quel regno e questa negligenza sola farlo debile. Ma io ho fatto troppa grande digressione, e forse sono uscito del proposito mio; pure lo ho fatto per rispondervi e dimostrarvi che non si può fare fondamento in altre armi che nelle proprie, e l'armi proprie non si possono ordinare altrimenti che per via d'una ordinanza, ne' per altre vie introdurre forme di eserciti in alcuno luogo né per altro modo ordinare una disciplina militare. Se voi avete letto gli ordini che quelli primi re fecero in Roma e massimamente Servio Tullo, troverrete che l'ordine delle classi non è altro che una ordinanza per potere di subito mettere insieme uno esercito per difesa di quella città. Ma torniamo al nostro deletto. Dico di nuovo che, avendo ad instaurare un ordine vecchio, io gli prenderei diciassette; avendo a crearne uno nuovo, io gli prenderei d'ogni età tra' diciassette e quaranta, per potermene valere subito.

COSIMO Faresti voi differenza di quale arte voi gli scegliessi?

FABRIZIO Questi scrittori la fanno, perché non vogliono che si prendano uccellatori, pescatori, cuochi, ruffiani e qualunque fa arte di sollazzo; ma vogliono che si tolgano, oltre a' lavoratori di terra, fabbri, maniscalchi, legnaiuoli, beccai, cacciatori, e simili. Ma io ne farei poca differenza, quanto al conietturare dall'arte la bontà dell'uomo; ma sì bene, quanto al poterlo con più utilità usare. E per questa cagione i contadini che sono usi a lavorare la terra, sono più utili che niuno; perché di tutte l'arti questa negli eserciti si adopera più che l'altre. Dopo questa sono i fabbri, legnaiuoli, maniscalchi, scarpellini; de' quali è utile avere assai, perché torna bene la loro arte in molte cose, sendo cosa molto buona avere uno soldato del quale tu tragga doppio servigio.

COSIMO Da che si conoscono quelli che sono o non sono sufficienti a militare?

FABRIZIO Io voglio parlare del modo dello eleggere una ordinanza nuova per farne di poi uno esercito; perché parte si viene ancora a ragionare della elezione che si facesse ad instaurazione d'una ordinanza vecchia. Dico, pertanto, che la bontà d'uno che tu hai ad eleggere per soldato, si conosce o per esperienza, mediante qualche sua egregia opera, o per coniettura. La pruova di virtù non si può trovare negli uomini che si eleggono di nuovo e che mai più non sono stati eletti; e di questi se ne truova o pochi o niuno nell'ordinanze che di nuovo s'ordinano. È necessario pertanto, mancando questa esperienza, ricorrere alla coniettura; la quale si trae dagli anni, dall'arte e dalla presenza. Di quelle due prime si è ragionato; resta parlare della terza; e però dico come alcuni hanno voluto che il soldato sia grande, tra i quali fu Pirro; alcuni altri gli hanno eletti dalla gagliardia solo del corpo, come faceva Cesare; la quale gagliardia di corpo e d'animo si coniettura dalla composizione delle membra e dalla grazia dell'aspetto. E però dicono questi che ne scrivono, che vuole avere gli occhi vivi e lieti, il collo nervoso, il petto largo, le braccia musculose, le dita lunghe, poco ventre, i fianchi rotundi, le gambe e il piede asciutto; le quali parti sogliono sempre rendere l'uomo agile e forte, che sono due cose che in uno soldato si cercano sopra tutte l'altre. Debbesi sopratutto riguardare a' costumi, e che in lui sia onestà e vergogna, altrimenti si elegge uno instrumento di scandolo e uno principio di corruzione; perché non sia alcuno che creda che nella educazione disonesta e nello animo brutto possa capere alcuna virtù che sia in alcuna parte lodevole. Non mi pare superfluo, anzi credo che sia necessario, perché voi intendiate meglio la importanza di questo deletto, dirvi il modo che i consoli romani nel principio del magistrato loro osservavono nello eleggere le romane legioni; nel quale deletto, per essere mescolati quegli si avevono ad eleggere, rispetto alle continue guerre, d'uomini veterani e nuovi, potevano procedere con la esperienza ne' vecchi e con la coniettura ne' nuovi. E debbesi notare questo: che questi deletti si fanno, o per usargli allora, o per esercitargli allora ed usargli a tempo. Io ho parlato e parlerò di tutto quello che si ordina per usarlo a tempo, perché la intenzione mia è mostrarvi come si possa ordinare uno esercito ne' paesi dove non fusse milizia, ne' quali paesi non si può avere deletti per usargli allora; ma in quegli donde sia costume trarre eserciti, e per via del principe, si può bene avergli per allora, come si osservava a Roma e come si osserva oggi tra i Svizzeri. Perché in questi deletti, se vi sono de' nuovi, vi sono ancora tanti degli altri consueti a stare negli ordini militari, che, mescolati i nuovi ed i vecchi insieme, fanno uno corpo unito e buono; nonostante che gli imperadori, poi che cominciarono a tenere le stazioni de' soldati ferme, avevano preposto sopra i militi novelli, i quali chiamavano Tironi, uno maestro ad esercitargli, come si vede nella vita di Massimino imperadore. La quale cosa, mentre che Roma fu libera, non negli eserciti, ma dentro nella città era ordinato; ed essendo in quella consueti gli esercizi militari dove i giovanetti si esercitavano, ne nasceva che, sendo scelti poi per ire in guerra, erano assuefatti in modo nella finta milizia, che potevano facilmente adoperarsi nella vera. Ma avendo di poi quegli imperadori spenti questi esercizi, furono necessitati usare i termini che io v'ho dimostrati. Venendo pertanto al modo del deletto romano, dico, poi che i consoli romani, a' quali era imposto il carico della guerra, avevano preso il magistrato, volendo ordinare i loro eserciti (perché era costume che qualunque di loro avesse due legioni d'uomini romani, le quali erano il nervo degli eserciti loro), creavano ventiquattro tribuni militari, e ne proponevano sei per ciascuna legione, i quali facevano quello uffizio che fanno oggi quegli che noi chiamiamo connestaboli. Facevano di poi convenire tutti gli uomini romani idonei a portare armi, e ponevano i tribuni di qualunque legione separati l'uno dall'altro. Di poi a sorte traevano i tribi, de' quali si avesse prima a fare il deletto, e di quello tribo sceglievano quattro de' migliori, de' quali ne era eletto uno da' tribuni della prima legione; dagli altri tre, ne era eletto uno da' tribuni della seconda legione; degli altri due, ne era eletto uno da' tribuni della terza; e quello ultimo toccava alla quarta legione. Dopo questi quattro se ne sceglieva altri quattro; de' quali, prima, uno ne era eletto da' tribuni della seconda legione; il secondo da quelli della terza; il terzo da quelli della quarta; il quarto rimaneva alla prima. Di poi se ne sceglieva altri quattro: il primo sceglieva la terza, il secondo la quarta, il terzo la prima, il quarto restava alla seconda; e così variava successivamente questo modo dello eleggere, tanto che la elezione veniva ad essere pari e le legioni si ragguagliavano. E come di sopra dicemmo, questo deletto si poteva fare per usarlo allora, perché si faceva d'uomini de' quali buona parte erano esperimentati nella vera milizia e tutti, nella finta, esercitati; e potevasi fare questo deletto per coniettura e per esperienza. Ma dove si avesse ad ordinare una milizia di nuovo, e per questo a scergli per a tempo, non si può fare questo deletto se non per coniettura, la quale si prende dagli anni e dalla presenza.

COSIMO Io credo al tutto essere vero quanto da voi è stato detto. Ma, innanzi che voi passiate ad altro ragionamento, io vi voglio domandare d'una cosa di che voi mi avete fatto ricordare, dicendo che il deletto che si avesse a fare dove non fussero gli uomini usi a militare, si arebbe a fare per coniettura; perché io ho sentito in molte parti biasimare l'ordinanza nostra, e massime quanto al numero, perché molti dicono che se ne debbe tòrre minore numero, di che se ne trarrebbe questo frutto: che sarebbono migliori e meglio scelti; non si darebbe tanto disagio agli uomini; potrebbesi dar loro qualche premio mediante il quale starebbono più contenti, e meglio si potrebbono comandare. Donde io vorrei intendere in questa parte l'opinione vostra, e se voi ameresti più il numero grande che il piccolo, e quali modi terresti ad eleggerli nell'uno e nell'altro numero.

FABRIZIO Sanza dubbio egli è migliore e più necessario il numero grosso che il piccolo; anzi, a dire meglio, dove non se ne può ordinare gran quantità, non si può ordinare una ordinanza perfetta; e facilmente io vi annullerò tutte le ragioni assegnate da cotestoro. Dico pertanto, in prima, che 'l minore numero dove sia assai popolo, come è, verbigrazia, in Toscana, non fa che voi gli abbiate migliori, né che il deletto sia più scelto. Perché volendo, nello eleggere gli uomini, giudicargli dall'esperienza, se ne troverebbe in quel paese pochissimi i quali l'esperienza facesse probabili, sì perché pochi ne sono stati in guerra, sì perché, di quegli pochi, pochissimi hanno fatto pruova mediante la quale ei meritassono di essere prima scelti che gli altri; in modo che chi gli debbe in simili luoghi eleggere, conviene lasci da parte l'esperienza e gli prenda per coniettura. Riducendosi dunque altri in tale necessità, vorrei intendere, se mi vengono avanti venti giovani di buona presenza, con che regola io ne debbo prendere o lasciare alcuno; tale che, sanza dubbio, credo che ogni uomo confesserà come e' fia minore errore torgli tutti per armargli ed esercitargli, non potendo sapere quale di loro sia migliore, e riserbarsi a fare poi più certo deletto quando, nel praticargli con lo esercizio, si conoscessero quegli di più spirito e di più vita. In modo che, considerato tutto, lo scerne in questo caso pochi per avergli migliori è al tutto falso. Quanto per dare meno disagio al paese e agli uomini, dico che l'ordinanza, o molta o poca ch'ella sia, non dà alcuno disagio; perché questo ordine non toglie gli uomini da alcuna loro faccenda, non gli lega che non possano ire a fare alcuno loro fatto, perché gli obliga solo ne' giorni oziosi a convenire insieme per esercitarsi; la quale cosa non fa danno né al paese né agli uomini, anzi a' giovani arrecherebbe diletto, perché, dove ne' giorni festivi vilmente si stanno oziosi per li ridotti, andrebbero per piacere a questi esercizi, perché il trattare dell'armi, com'egli è bello spettacolo, così è a' giovani dilettevole. Quanto a potere pagare il minore numero e, per questo, tenergli più ubbidienti e più contenti, rispondo come non si può fare ordinanza di sì pochi, che si possano in modo continuamente pagare, che quel pagamento loro sodisfaccia. Verbigrazia, se si ordinasse una milizia di cinquemila fanti, a volergli pagare in modo che si credesse che si contentassono, converrebbe dar loro almeno diecimila ducati il mese. In prima, questo numero di fanti non basta a fare uno esercito; questo pagamento è insopportabile a uno stato, e, dall'altro canto, non è sufficiente a tenere gli uomini contenti, ed obligati da potersene valere a sua posta. In modo che, nel fare questo, si spenderebbe assai, arebbesi poche forze, e non sarebbero a sufficienza o a defenderti o a fare alcuna tua impresa. Se tu dessi loro più, o ne prendessi più, tanta più impossibilità ti sarebbe il pagargli. Se tu dessi loro meno, o ne prendessi meno, tanta meno contentezza sarebbe in loro, o a te tanta meno utilità arrecherebbono. Pertanto quegli che ragionano di fare una ordinanza, e, mentre ch'ella si dimora a casa, pagarla, ragionano di cose o impossibili o inutili. Ma è bene necessario pagargli quando si levono per menargli alla guerra. Pure se tale ordine dessi a' descritti in quello qualche disagio ne' tempi di pace (che non ce lo veggo) e' vi sono per ricompenso tutti quegli beni che arreca una milizia ordinata in uno paese, perché sanza quella non vi è secura cosa alcuna. Conclude che, chi vuole il poco numero per poterlo pagare, o per qualunque altra delle cagioni allegate da voi, non se ne intende, perché ancora fa per la opinione mia, che sempre ogni numero ti diminuirà tra le mani per infiniti impedimenti che hanno gli uomini, di modo che il poco numero tornerebbe a niente. Appresso, avendo l'ordinanza grossa, ti puoi a tua elezione valere de' pochi e degli assai. Oltre a questo, ella ti ha a servire in fatto e in riputazione, e sempre ti darà più riputazione il gran numero. Aggiugnesi a questo che, faccendosi l'ordinanze per tenere gli uomini esercitati, se tu scrivi poco numero di uomini in assai paese, ei sono tanto distanti gli scritti l'uno dall'altro, che tu non puoi sanza loro danno gravissimo raccozzargli per esercitargli; e sanza questo esercizio l'ordinanza è inutile, come nel suo luogo si dirà.

COSIMO Basti sopra questa mia domanda quanto avete detto; ma io disidero ora che voi mi solviate uno altro dubbio. Costoro dicono che tale moltitudine di armati è per fare confusione, scandolo e disordine nel paese.

FABRIZIO Questa è un'altra vana opinione, per la cagione vi dirò. Questi ordinati all'armi possono causare disordine in due modi: o tra loro, o contro ad altri. Alle quali cose si può facilmente ovviare, dove l'ordine per se medesimo non ovviasse; perché, quanto agli scandoli tra loro, questo ordine gli leva, non gli nutrisce, perché, nello ordinarli, voi date loro armi e capi. Se il paese dove voi gli ordinate è sì imbelle che non sia, tra gli uomini di quello, armi, e sì unito che non vi sia capi, questo ordine gli fa più feroci contro al forestiero, ma non gli fa in niuno modo più disuniti, perché gli uomini bene ordinati temono le leggi, armati come disarmati; né mai possono alterare, se i capi che voi date loro non causano l'alterazione; e il modo a fare questo si dirà ora. Ma se il paese dove voi gli ordinate, è armigero e disunito, questo ordine solo è cagione d'unirgli, perché costoro hanno armi e capi per loro medesimi, ma sono l'armi inutili alla guerra, e i capi nutritori di scandoli. E questo ordine dà loro armi utili alla guerra e capi estinguitori degli scandoli; perché subito che in quel paese è offeso alcuno, ricorre al suo capo di parte, il quale, per mantenersi la reputazione, lo conforta alla vendetta, non alla pace. Al contrario fa il capo pubblico; tale che per questa via si lieva la cagione degli scandoli e si prepara quella della unione; e le provincie unite ed effeminate perdono la viltà e mantengono l'unione; le disunite e scandolose si uniscono e quella loro ferocia, che sogliono disordinatamente adoperare, si rivolta in publica utilità. Quanto a volere che non nuocano contro ad altri, si debbe considerare che non possono fare questo se non mediante i capi che gli governono. A volere che i capi non facciano disordine, è necessario avere cura che non acquistino sopra di loro troppa autorità. E avete a considerare che questa autorità si acquista o per natura, o per accidente. E quanto alla natura, conviene provvedere che chi è nato in un luogo, non sia preposto agli uomini descritti in quello, ma sia fatto capo di quelli luoghi dove non abbia alcuna naturale convenienza. Quanto allo accidente, si debbe ordinare la cosa in modo che ciascuno anno i capi si permutino da governo a governo; perché la continua autorità sopra i medesimi uomini genera tra loro tanta unione, che facilmente si può convertire in preiudizio del principe. Le quali permute quanto sieno utili a quegli che le hanno usate, e dannose a chi non le ha osservate, si conosce per lo esempio del regno degli Assiri e dello imperio de' Romani; dove si vede che quel regno durò mille anni sanza tumulto e sanza alcuna guerra civile; il che non procedé da altro che dalle permute che facevono da luogo a luogo ogni anno quegli capitani i quali erano preposti alla cura degli eserciti. Né per altra cagione nello imperio romano, spento che fu il sangue di Cesare, vi nacquero tante guerre civili tra' capitani degli eserciti e tante congiure da' predetti capitani contro agli imperadori, se non per tenere continuamente fermi quegli capitani ne' medesimi governi. E se in alcuni di quegli primi imperadori e di quegli poi i quali tennono l'imperio con reputazione, come Adriano, Marco, Severo e simili, fusse stato tanto vedere, che gli avessono introdotto questo costume di permutare i capitani in quello imperio, sanza dubbio lo facevono più quieto e più durabile; perché i capitani arebbero avuta minore occasione di tumultuare, gl'imperadori minore cagione di temere, e il senato, ne' mancamenti delle successioni, arebbe avuto nella elezione dello imperadore più autorità, e per conseguente sarebbe stata migliore. Ma le cattive consuetudini, o per la ignoranza o per la poca diligenza degli uomini, né per i malvagi né per i buoni esempli si possono levare via.

COSIMO Io non so se col mio domandare io v'ho quasi che tratto fuora dell'ordine vostro, perché dal deletto noi siamo entrati in uno altro ragionamento; e se io non me ne fussi poco fa scusato, crederrei meritarne qualche riprensione.

FABRIZIO Non vi dia noia questo; perché tutto questo ragionamento era necessario volendo ragionare della ordinanza la quale, sendo biasimata da molti, conveniva la scusassi, volendo che questa prima parte del deletto ci avesse luogo. E prima che io descenda all'altre parti, io voglio ragionare del deletto degli uomini a cavallo. Questo si faceva, appresso agli antichi, de' più ricchi, avendo riguardo e agli anni e alla qualità dell'uomo; e ne eleggevano trecento per legione, tanto che i cavagli romani in ogni esercito consolare non passavano la somma di secento.

COSIMO Faresti voi ordinanza di cavagli per esercitargli a casa, e valersene col tempo?

FABRIZIO Anzi è necessario; e non si può fare altrimenti, a volere avere l'armi che sieno sue, e a non volere avere a torre di quegli che ne fanno arte.

COSIMO Come gli eleggeresti?

FABRIZIO Imiterei i Romani; torrei de' più ricchi, darei loro capi in quel modo che oggi agli altri si danno, e gli armerei ed eserciterei.

COSIMO A questi sarebb'egli bene dare qualche provvisione!

FABRIZIO Sì bene; ma tanta solamente, quanta è necessaria a nutrire il cavallo; perché, arrecando a' tuoi sudditi spesa, si potrebbono dolere di te. Però sarebbe necessario pagare loro il cavallo e le spese di quello.

COSIMO Quanto numero ne faresti, e come gli armeresti?

FABRIZIO Voi passate in un altro ragionamento. Io vel dirò nel suo luogo, che fia quando io vi arò detto come si debbono armare i fanti, o come a fare una giornata si preparano.

LIBRO SECONDO

Io credo che sia necessario, trovati che sono gli uomini, armargli; e volendo fare questo, credo sia cosa necessaria esaminare che arme usavano gli antichi, e di quelle eleggere le migliori. I Romani dividevano le loro fanterie in gravemente e leggermente armate. Quelle dell'armi leggieri chiamavano con uno vocabolo Veliti. Sotto questo nome s'intendevano tutti quegli che traevano con la fromba, con la balestra, co' dardi, e portavano la maggior parte di loro, per loro difesa, coperto il capo e come una rotella in braccio. Combattevano costoro fuora degli ordini e discosti alla grave armadura; la quale era una celata che veniva infino in sulle spalle, una corazza che con le sue falde perveniva infino alle ginocchia; e avevano le gambe e le braccia coperte dagli stinieri e da' bracciali, con uno scudo imbracciato lungo due braccia e largo uno, il quale aveva un cerchio di ferro di sopra, per potere sostenere il colpo, e un altro di sotto, acciò che, in terra stropicciandosi, non si consumasse. Per offendere avevano cinta una spada in sul fianco sinistro lunga uno braccio e mezzo, in sul fianco destro uno stiletto. Avevano uno dardo in mano, il quale chiamavono pilo, e nello appiccare la zuffa lo lanciavano al nimico. Questa era la importanza delle armi romane, con le quali eglino occuparono tutto el mondo. E benché alcuni di questi antichi scrittori dieno loro, oltre alle predette armi, una asta in mano in modo che uno spiede, io non so come una asta grave si possa da chi tiene lo scudo adoperare; perché, a maneggiarla con due mani, lo scudo lo impedisce, con una, non può fare cosa buona per la gravezza sua. Oltre a questo, combattere nelle frotte e negli ordini con l'arme in asta è inutile, eccetto che nella prima fronte dove si ha lo spazio libero a potere spiegare tutta l'asta; il che negli ordini dentro non si può fare, perché la natura delle battaglie, come nello ordine di quelle vi dirò, è continuamente ristringersi; perché si teme meno questo, ancora che sia inconveniente, che il rallargarsi, dove è il pericolo evidentissimo. Tal che tutte le armi che passano di lunghezza due braccia, nelle stretture sono inutili; perché se voi avete l'asta e vogliate adoperarla a due mani, posto che lo scudo non vi noiasse, non potete offendere con quella uno nimico che vi sia addosso. Se voi la prendete con una mano, per servirvi dello scudo, non la potendo pigliare se non nel mezzo, vi avanza tanta asta dalla parte di dietro, che quelli che vi sono di dietro v'impediscono a maneggiarla. E che sia vero, o che i Romani non avessono queste aste, o che, avendole, se ne valessono poco, leggete tutte le giornate nella sua Istoria da Tito Livio celebrate, e vedrete, in quelle radissime volte essere fatta menzione delle aste; anzi sempre dice che, lanciati i pili, ei mettevano mano alla spada. Però io voglio lasciare queste aste e attenermi, quanto a' Romani, alla spada per offesa e, per difesa allo scudo con l'altre armi sopradette. I Greci non armavono sì gravemente per difesa come i Romani, ma, per offesa si fondavono più in su l'asta che in su la spada, e massime le falangi di Macedonia, le quali portavano aste che chiamavono sarisse, lunghe bene dieci braccia, con le quali eglino aprivono le stiere nimiche e tenevano gli ordini nelle loro falangi. E benché alcuni scrittori dicono ch'egli avevano ancora lo scudo, non so, per le ragioni dette di sopra, come e' potevano stare insieme le sarisse e quegli. Oltre a questo, nella giornata che fece Paulo Emilio con Persa re di Macedonia, non mi ricorda che vi sia fatta menzione di scudi, ma solo delle sarisse e delle difficultà che ebbe lo esercito romano a vincerle. In modo che io conietturo che non altrimenti fusse una falange macedonica, che si sia oggi una battaglia di Svizzeri, i quali hanno nelle picche tutto lo sforzo e tutta la potenza loro. Ornavano i Romani, oltre alle armi, le fanterie con pennacchi; le quali cose fanno l'aspetto d'uno esercito agli amici bello, a' nimici terribile. L'armi degli uomini a cavallo, in quella prima antichità romana, erano uno scudo tondo, ed avevano coperto il capo e il resto era disarmato. Avevano la spada, e una asta con il ferro solamente dinanzi, lunga e sottile, donde venivano a non potere fermare lo scudo; e l'asta nello agitarsi si fiaccava, ed essi, per essere disarmati, erano esposti alle ferite. Di poi con il tempo si armarono come i fanti; ma avevano lo scudo più breve e quadrato e l'asta più ferma e con due ferri, acciò che, scollandosi da una parte, si potessero valere dell'altra. Con queste armi, così di piede come di cavallo, occuparono i miei Romani tutto il mondo; ed è credibile, per il frutto che se ne vide, che fussono i meglio armati eserciti che fussero mai. E Tito Livio nelle sue Istorie ne fa fede assai volte dove, venendo in comparazione degli eserciti nimici, dice: «Ma i Romani per virtù, per generazione di armi e disciplina erano superiori»; e però io ho più particolarmente ragionato delle armi de' vincitori che de' vinti. Parmi bene solo da ragionare del modo dello armare presente. Hanno i fanti, per loro difesa, uno petto di ferro e, per offesa, una lancia nove braccia lunga, la quale chiamano picca, con una spada al fianco piuttosto tonda nella punta che acuta. Questo è l'armare ordinario delle fanterie d'oggi, perché pochi ne sono che abbiano armate le stiene e le braccia, niuno il capo; e quelli pochi portano in cambio di picca una alabarda, l'asta della quale, come sapete, è lunga tre braccia e ha il ferro ritratto come una scure. Hanno tra loro scoppiettieri, i quali, con lo impeto del fuoco, fanno quello ufficio che facevano anticamente i funditori e i balestrieri. Questo modo dello armare fu trovato da' populi tedeschi e massime dai Svizzeri; i quali, sendo poveri e volendo vivere liberi, erano e sono necessitati combattere con la ambizione de' principi della Magna; i quali, per essere ricchi, potevano nutrire cavagli, il che non potevano fare quelli popoli per la povertà; onde ne nacque che, essendo a piè e volendosi difendere da' nimici che erano a cavallo, convenne loro ricercare degli antichi ordini e trovare arme che dalla furia de' cavagli gli difendesse. Questa necessità ha fatto o mantenere o ritrovare a costoro gli antichi ordini, sanza quali, come ciascuno prudente afferma, la fanteria è al tutto inutile. Presono pertanto per arme le picche, arme utilissima non solamente a sostenere i cavagli, ma a vincergli. E hanno per virtù di queste armi e di questi ordini presa i Tedeschi tanta audacia, che quindici o ventimila di loro assalterebbero ogni gran numero di cavagli; e di questo da venticinque anni in qua se ne sono vedute esperienze assai. E sono stati tanto possenti gli esempli della virtù loro fondati in su queste armi e questi ordini, che poi che il re Carlo passò in Italia, ogni nazione gli ha imitati; tanto che gli eserciti spagnuoli sono divenuti in una grandissima reputazione.

COSIMO Quale modo di armare lodate voi più: o questo tedesco o lo antico romano?

FABRIZIO Il romano sanza dubbio; e dirovvi il bene e il male dell'uno e dell'altro. I fanti tedeschi così armati possono sostenere e vincere i cavagli; sono più espediti al cammino e all'ordinarsi, per non essere carichi d'armi. Dall'altra parte sono esposti a tutti i colpi, e discosto e d'appresso, per essere disarmati; sono inutili alle battaglie delle terre e ad ogni zuffa dove sia gagliarda resistenza. Ma i Romani sostenevano e vincevano i cavagli, come questi; erano securi da' colpi da presso e di lontano, per essere coperti d'armi; potevano meglio urtare e meglio sostenere gli urti, avendo gli scudi; potevano più attamente nelle presse valersi con la spada che questi con la picca; e se ancora hanno la spada, per essere sanza lo scudo, ella diventa in tale caso inutile. Potevano securamente assaltare le terre, avendo il capo coperto e potendoselo meglio coprire con lo scudo. Talmente che ei non avevano altra incommodità che la gravezza dell'armi e la noia dello averle a condurre; le quali cose essi superavano con lo avvezzare il corpo a' disagi e con indurirlo a potere durare fatica. E voi sapete come nelle cose consuete gli uomini non patiscono. E avete ad intendere questo: che le fanterie possono avere a combattere con fanti e con cavagli, e sempre fieno inutili quelle che non potranno o sostenere i cavagli, o, potendoli sostenere, abbiano nondimeno ad avere paura di fanterie che sieno meglio armate e meglio ordinate che loro. Ora se voi considererete la fanteria tedesca e la romana, voi troverrete nella tedesca attitudine, come abbiamo detto, a vincere i cavagli, ma disavvantaggio grande quando combatte con una fanteria ordinata come loro e armata come la romana. Tale che vi sarà questo vantaggio dall'una all'altra: che i Romani potranno superare i fanti e i cavagli, i Tedeschi solo i cavagli.

COSIMO   Io disidererei che voi venissi a qualche esempio più particolare, acciò che noi lo intendessimo meglio.

FABRIZIO   Dico così: che voi troverrete, in molti luoghi delle istorie nostre, le fanterie romane avere vinti innumerabili cavagli, e mai troverrete ch'elle siano state vinte da uomini a piè, per difetto ch'ell'abbiano avuto nell'armare, o per vantaggio che abbia avuto il nimico nell'armi. Perché, se il modo del loro armare avesse avuto difetto, egli era necessario che seguisse l'una delle due cose: o che, trovando chi armasse meglio di loro, ei non andassono più avanti con gli acquisti, o che pigliassero de' modi forestieri e lasciassero i loro. E perché non seguì né l'una cosa né l'altra, ne nasce che si può facilmente conietturare che il modo dell'armare loro fusse migliore che quello di alcuno altro. Non è già così intervenuto alle fanterie tedesche, perché si è visto fare loro cattiva pruova qualunque volta quelle hanno avuto a combattere con uomini a piè, ordinati e ostinati come loro; il che è nato dal vantaggio che quelle hanno riscontro nelle armi nimiche. Filippo Visconti, duca di Milano, essendo assaltato da diciottomila Svizzeri, mandò loro incontro il conte Carmignuola, il quale allora era suo capitano. Costui con seimila cavagli e pochi fanti, gli andò a trovare, e, venendo con loro alle mani, fu ributtato con suo danno gravissimo. Donde il Carmignuola, come uomo prudente, subito conobbe la potenza dell'armi nimiche, e quanto contro a' cavagli le prevalevano, e la debolezza de' cavagli contro a quegli a piè così ordinati; e rimesso insieme le sue genti, andò a ritrovare i Svizzeri e, come fu loro propinquo, fece scendere da cavallo le sue genti d'armi; e in tale maniera combattendo con quegli, tutti, fuora che tremila, gli ammazzò; i quali, veggendosi consumare sanza avere rimedio, gittate l'armi in terra, si arrenderono.

COSIMO   Donde nasce tanto disavvantaggio?

FABRIZIO   Io ve l'ho poco fa detto; ma poiché voi non lo avete inteso, io ve lo replicherò. Le fanterie tedesche, come poco fa vi si disse, quasi disarmate per difendersi, hanno, per offendere, la picca e la spada. Vengono con queste armi e con gli loro ordini a trovare il nimico, il quale, se è bene armato per difendersi, come erano gli uomini d'arme del Carmignuola che gli fece scendere a piè, viene con la spada e ne' suoi ordini a trovargli; e non ha altra difficultà che accostarsi a' Svizzeri tanto che gli aggiunga con la spada; perché, come gli ha aggiunti, li combatte securamente, perché il tedesco non può dare con la picca al nimico che gli è presso per la lunghezza dell'asta, e gli conviene mettere mano alla spada, la quale è a lui inutile, sendo egli disarmato e avendo all'incontro uno nimico che sia tutto armato. Donde chi considera il vantaggio e il disavvantaggio dell'uno e dell'altro, vedrà come il disarmato non vi arà rimedio veruno; e il vincere la prima punga e passare le prime punte delle picche non è molta difficultà, sendo bene armato chi le combatte; perché le battaglie vanno (come voi intenderete meglio, quando io vi arò dimostro com'elle si mettono insieme) e, andando, di necessità si accostano in modo l'una all'altra, ch'elle si pigliano per il petto; e se dalle picche ne è alcuno morto o gittato per terra, quegli che rimangono in piè sono tanti che bastano alla vittoria. Di qui nacque che il Carmignuola vinse con tanta strage de' Svizzeri e con poca perdita de' suoi.

COSIMO   Considerate che quegli del Carmignuola furono uomini d'arme, i quali, benché fussero a piè, erano coperti tutti di ferro, e però poterono fare la pruova che fecero; sì che io mi penso che bisognasse armare una fanteria come loro, volendo fare la medesima pruova.

FABRIZIO Se voi vi ricordassi come io dissi che i Romani armavano, voi non penseresti a cotesto, perché uno fante che abbia il capo coperto dal ferro, il petto difeso dalla corazza e dallo scudo, le gambe e le braccia armate, è molto più atto a difendersi dalle picche ed entrare tra loro, che non è uno uomo d'arme a piè. Io ne voglio dare un poco di esempio moderno. Erano scese di Sicilia nel regno di Napoli fanterie spagnuole, per andare a trovare Consalvo, che era assediato in Barletta da' Franzesi. Fecesi loro incontro monsignore d'Ubignì con le sue genti d'arme e con circa quattromila fanti tedeschi. Vennero alle mani i Tedeschi. Con le loro picche basse apersero le fanterie spagnuole, ma quelle, aiutate da' loro brocchieri e dall'agilità del corpo loro, si mescolarono con i Tedeschi, tanto che gli poterono aggiugnere con la spada; donde ne nacque la morte, quasi, di tutti quegli e la vittoria degli Spagnuoli. Ciascuno sa quanti fanti tedeschi morirono nella giornata di Ravenna; il che nacque dalle medesime cagioni: perché le fanterie spagnuole si accostarono al tiro della spada alle fanterie tedesche, e le arebbero consumate tutte, se da' cavagli franzesi non fussero i fanti tedeschi stati soccorsi; nondimeno gli Spagnuoli, stretti insieme, si ridussero in luogo securo. Concludo, adunque, che una buona fanteria dee non solamente potere sostenere i cavagli, ma non avere paura de' fanti; il che, come ho molte volte detto procede dall'armi e dall'ordine.

COSIMO Dite, pertanto, come voi l'armeresti.

FABRIZIO Prenderei delle armi romane e delle tedesche, e vorrei che la metà fussero armati come i Romani e l'altra metà come i Tedeschi. Perché, se in seimila fanti, come io vi dirò poco di poi, io avessi tremila fanti con gli scudi alla romana e dumila picche e mille scoppiettieri alla tedesca, mi basterebbono; perché io porrei le picche o nella fronte delle battaglie, o dove io temessi più de' cavagli; e di quelli dello scudo e della spada mi servirei per fare spalle alle picche e per vincere la giornata, come io vi mostrerò. Tanto che io crederrei che una fanteria così ordinata superasse oggi ogni altra fanteria.

COSIMO Questo che è detto ci basta quanto alle fanterie, ma quanto a' cavagli disideriamo intendere quale vi pare più gagliardo armare, o il nostro o l'antico?

FABRIZIO Io credo che in questi tempi, rispetto alle selle arcionate e alle staffe non usate dagli antichi, si stia più gagliardamente a cavallo che allora. Credo che si armi anche più sicuro, tale che oggi uno squadrone di uomini d'arme, pesando assai, viene ad essere con più difficultà sostenuto che non erano gli antichi cavagli. Con tutto questo, nondimeno, io giudico che non si debba tenere più conto de' cavagli, che anticamente se ne tenesse; perché, come di sopra si è detto, molte volte ne' tempi nostri hanno con i fanti ricevuta vergogna, e la riceveranno, sempre che riscontrino una fanteria armata e ordinata come di sopra. Aveva Tigrane, re d'Armenia, contro allo esercito romano del quale era capitano Lucullo, cento cinquantamila cavagli, tra li quali erano molti armati come gli uomini d'arme nostri, i quali chiamavano catafratti; e dall'altra parte i Romani non aggiugnevano a seimila, con venticinquemila fanti, tanto che Tigrane, veggendo l'esercito de' nimici disse: - Questi sono cavagli assai per una ambasceria; - nondimeno, venuto alle mani, fu rotto. E chi scrive quella zuffa vilipende quelli catafratti mostrandogli inutili, perché dice che, per avere coperto il viso, erano poco atti a vedere e offendere il nimico e, per essere aggravati dall'armi, non potevano, cadendo, rizzarsi né della persona loro in alcuna maniera valersi. Dico, pertanto, che quegli popoli, o regni, che istimeranno più la cavalleria che la fanteria, sempre fieno deboli ed esposti a ogni rovina, come si è veduta l'Italia ne' tempi nostri; la quale è stata predata, rovinata e corsa da' forestieri, non per altro peccato che per avere tenuta poca cura della milizia di piè, ed essersi ridotti i soldati suoi tutti a cavallo. Debbesi bene avere de' cavagli, ma per secondo e non per primo fondamento dello esercito suo; perché, a fare scoperte, a correre e guastare il paese nimico, a tenere tribolato e infestato l'esercito di quello e in sull'armi sempre, a impedirgli le vettovaglie, sono necessarii e utilissimi; ma, quanto alle giornate e alle zuffe campali che sono la importanza della guerra e il fine a che si ordinano gli eserciti, sono più utili a seguire il nimico, rotto ch'egli è, che a fare alcuna altra cosa che in quelle si operi, e sono alla virtù del peditato assai inferiori.

COSIMO E' mi occororno due dubitazioni; l'una, che io so che i Parti non operavano in guerra altro che i cavagli, e pure si divisono il mondo con i Romani; l'altra, che io vorrei che voi mi dicessi come la cavalleria puote essere sostenuta da' fanti, e donde nasca la virtù di questi e la debolezza di quella.

FABRIZIO O io vi ho detto, o io vi ho voluto dire, come il ragionamento mio delle cose della guerra non ha a passare i termini d'Europa. Quando così sia, io non vi sono obligato a rendere ragione di quello che si è costumato in Asia. Pure io v'ho a dire questo: che la milizia de' Parti era al tutto contraria a quella de' Romani, perché i Parti militavano tutti a cavallo e, nel combattere, procedevano confusi e rotti ed era uno modo di combattere instabile e pieno di incertitudine. I Romani erano, si può dire, quasi tutti a piè e combattevano stretti insieme e saldi; e vinsono variamente l'uno l'altro secondo il sito largo o stretto; perché, in questo, i Romani erano superiori, in quello, i Parti; i quali poterono fare gran pruove con quella milizia, rispetto alla regione che loro avevano a difendere; la quale era larghissima, perché ha le marine lontane mille miglia, i fiumi l'uno dall'altro due o tre giornate, le terre medesimamente e gli abitatori radi; di modo che uno esercito romano, grave e tardo per l'armi e per l'ordine, non poteva cavalcarlo sanza suo grave danno, per essere chi lo difendeva a cavallo ed espeditissimo, in modo ch'egli era oggi in uno luogo, e domani discosto cinquanta miglia; di qui nacque, che i Parti poterono prevalersi con la cavalleria sola e la rovina dell'esercito di Crasso e i pericoli di quello di Marco Antonio. Ma io, come v'ho detto, non intendo in questo mio ragionamento parlare della milizia fuora d'Europa; però voglio stare in su quello che ordinarono già i Romani e i Greci, e oggi fanno i Tedeschi. Ma vegnamo all'altra domanda vostra, dove voi disiderate intendere quale ordine o quale virtù naturale fa che i fanti superano la cavalleria. E vi dico, in prima, come i cavagli non possono andare, come i fanti, in ogni luogo. Sono più tardi a ubbidire, quando occorre variare l'ordine, che i fanti; perché, s'egli è bisogno o andando avanti tornare indietro, o tornando indietro andare avanti, o muoversi stando fermi, o andando fermarsi, sanza dubbio non lo possono così appunto fare i cavagli come i fanti. Non possono i cavagli, sendo da qualche impeto disordinati, ritornare negli ordini se non con difficultà, ancora che quello impeto manchi; il che rattissimo fanno i fanti. Occorre, oltre a questo, molte volte, che uno uomo animoso sarà sopra uno cavallo vile e uno vile sopra uno animoso; donde conviene che queste disparitadi d'animo facciano disordine. Né alcuno si maravigli che uno nodo di fanti sostenga ogni impeto di cavagli, perché il cavallo è animale sensato e conosce i pericoli e male volentieri vi entra. E se considererete quali forze lo facciano andar avanti e quali lo tengano indietro, vedrete sanza dubbio essere maggiori quelle che lo ritengono che quelle che lo spingono; perché innanzi lo fa andar lo sprone, e dall'altra banda lo ritiene o la spada o la picca. Tale che si è visto per le antiche e per le moderne esperienze un nodo di fanti essere securissimo, anzi insuperabile da' cavagli. E se voi arguissi a questo che la foga con la quale viene, lo fa più furioso a urtare chi lo volesse sostenere, meno stimare la picca che lo sprone, dico che, se il cavallo discosto comincia a vedere di avere a percuotere nelle punte delle picche, o per se stesso egli raffrenerà il corso, di modo che come egli si sentirà pugnere si fermerà affatto, o, giunto a quelle, si volterà a destra o a sinistra. Di che se volete fare esperienza, provate a correre un cavallo contro a un muro; radi ne troverrete che, con quale vi vogliate foga, vi dieno dentro. Cesare, avendo in Francia a combattere con i Svizzeri, scese e fece scendere ciascuno a piè e rimuovere dalla schiera i cavagli, come cosa più atta a fuggire che a combattere. Ma, nonostante questi naturali impedimenti che hanno i cavagli, quello capitano che conduce i fanti, debbe eleggere vie che abbiano per i cavagli più impedimenti si può; e rado occorrerà che l'uomo non possa assicurarsi per la qualità del paese. Perché, se si cammina per le colline, il sito ti libera da quelle foghe di che voi dubitate; se si va per il piano, radi piani sono che, per le colture o per li boschi, non ti assicurino; perché ogni macchia, ogni argine, ancora debole, toglie quella foga, e ogni coltura, dove sia vigne e altri arbori, impedisce i cavagli. E se tu vieni a giornata, quello medesimo ti interviene che camminando, perché ogni poco di impedimento che il cavallo abbia, perde la foga sua. Una cosa nondimeno non voglio scordare di dirvi: come i Romani istimavano tanto i loro ordini e confidavono tanto nelle loro armi, che se gli avessono avuto ad eleggere o un luogo sì aspro per guardarsi dai cavagli, dove ei non avessono potuti spiegare gli ordini loro, o uno dove avessono avuto a temere più de' cavagli, ma vi si fussono potuti distendere, sempre prendevano questo e lasciavano quello. Ma perch'egli è tempo passare allo esercizio, avendo armate queste fanterie secondo lo antico e moderno uso, vedreno quali esercizi facevano loro fare i Romani, avanti che le fanterie si conduchino a fare giornata. Ancora ch'elle siano bene elette e meglio armate, si deono con grandissimo studio esercitare, perché sanza questo esercizio mai soldato alcuno non fu buono. Deono essere questi esercizi tripartiti: l'uno, per indurare il corpo e farlo atto a' disagi e più veloce e più destro; l'altro, per imparare ad operare l'armi; il terzo, per imparare ad osservare gli ordini negli eserciti, così nel camminare, come nel combattere e nello alloggiare. Le quali sono le tre principali azioni che faccia uno esercito; perché, se uno esercito cammina, alloggia e combatte ordinatamente e praticamente, il capitano ne riporta l'onore suo, ancora che la giornata avesse non buono fine. Hanno pertanto a questi esercizi tutte le republiche antiche provvisto in modo, per costume e per legge, che non se ne lasciava indietro alcuna parte. Esercitavano adunque la loro gioventù per fargli veloci nel correre, per fargli destri nel saltare, per fargli forti a trarre il palo o a fare alle braccia. E queste tre qualità sono quasi che necessarie in uno soldato, perché la velocità lo fa atto a preoccupare i luoghi al nimico, a giugnerlo insperato e inaspettato, a seguitarlo quando egli è rotto. La destrezza lo fa atto a schifare il colpo, a saltare una fossa, a superare uno argine. La fortezza lo fa meglio portare l'armi, urtare il nimico, sostenere uno impeto. E sopratutto, per fare il corpo più atto a' disagi, si avvezzavano a portare gran pesi. La quale consuetudine è necessaria, perché nelle espedizioni difficili conviene molte volte che il soldato oltre all'armi, porti da vivere per più giorni; e se non fusse assuefatto a questa fatica non potrebbe farlo; e per questo o e' non si potrebbe fuggire uno pericolo o acquistare con fama una vittoria. Quanto ad imparare ad operare l'armi, gli esercitavano in questo modo. Volevano che i giovani si vestissero armi che pesassero più il doppio che le vere, e per spada davano loro uno bastone piombato il quale, a comparazione di quella, era gravissimo. Facevano a ciascuno di loro ficcare uno palo in terra che rimanesse alto tre braccia, e in modo gagliardo, che i colpi non lo fiaccassero o atterrassono; contro al quale palo il giovane con lo scudo e col bastone, come contro a uno nimico, si esercitava; e ora gli tirava come se gli volesse ferire la testa o la faccia, ora come se lo volesse percuotere per fianco, ora per le gambe, ora si tirava indietro, ora si faceva innanzi. E avevano, in questo esercizio, questa avvertenza: di farsi atti a coprire sé e ferire il nimico; e avendo l'armi finte gravissime, parevano di poi loro le vere più leggieri. Volevano i Romani che i loro soldati ferissono di punta e non di taglio, sì per essere il colpo più mortale e avere manco difesa, sì per scoprirsi meno chi ferisse ed essere più atto a raddoppiarsi che il taglio. Né vi maravigliate che quegli antichi pensassero a queste cose minime, perché, dove si ragiona che gli uomini abbiano a venire alle mani, ogni piccolo vantaggio è di gran momento; e io vi ricordo quello che di questo gli scrittori ne dicano, piuttosto che io ve lo insegni. Né istimavano gli antichi cosa più felice in una republica, che essere in quella assai uomini esercitati nell'armi; perché non lo splendore delle gemme e dell'oro fa che i nimici ti si sottomettono, ma solo il timore dell'armi. Di poi gli errori che si fanno nell'altre cose, si possono qualche volta correggere; ma quegli che si fanno nella guerra, sopravvenendo subito la pena, non si possono emendare. Oltre a questo, il sapere combattere fa gli uomini più audaci, perché niuno teme di fare quelle cose che gli pare avere imparato a fare. Volevano pertanto gli antichi che i loro cittadini si esercitassono in ogni bellica azione, e facevano trarre loro, contro a quel palo, dardi più gravi che i veri; il quale esercizio, oltre al fare gli uomini esperti nel trarre, fa ancora le braccia più snodate e più forti. Insegnavano ancora loro trarre con l'arco, con la fromba, e a tutte queste cose avevano preposti maestri, in modo che poi, quando egli erano eletti per andare alla guerra, egli erano già con l'animo e con la disposizione soldati. Né restava loro ad imparare altro che andare negli ordini e mantenersi in quegli, o camminando o combattendo, il che facilmente imparavano, mescolandosi con quegli che, per avere più tempo militato, sapevano stare negli ordini.

COSIMO Quali esercizi faresti voi fare loro al presente?

FABRIZIO Assai di quegli che si sono detti, come: correre e fare alle braccia, fargli saltare, fargli affaticare sotto armi più gravi che l'ordinarie, fargli trarre con la balestra e con l'arco; a che aggiugnerei lo scoppietto, istrumento nuovo, come voi sapete, e necessario. E a questi esercizi assuefarei tutta la gioventù del mio stato, ma, con maggiore industria e più sollecitudine, quella parte che io avessi descritta per militare; e sempre ne' giorni oziosi si eserciterebbero. Vorrei ancora ch'egl'imparassino a notare; il che è cosa molto utile, perché non sempre sono i ponti a' fiumi, non sempre sono parati i navigii; tale che, non sapendo il tuo esercito notare, resti privo di molte commodità, e ti si tolgono molte occasioni al bene operare. I Romani non per altro avevano ordinato che i giovani si esercitassero in Campo Marzio, se non perché, avendo propinquo il Tevere, potessero, affaticati nello esercizio di terra, ristorarsi nella acqua e parte, nel notare, esercitarsi. Farei ancora, come gli antichi, esercitare quegli che militassono a cavallo; il che è necessarissimo, perché, oltre al sapere cavalcare sappiano a cavallo valersi di loro medesimi. E per questo avevano ordinati cavagli di legno, sopr'alli quali si addestravano, saltandovi sopra armati e disarmati, sanza alcuno aiuto e da ogni mano, il che faceva che ad un tratto e ad un cenno d'uno capitano la cavalleria era a piè, e così ad un cenno rimontava a cavallo. E tali esercizi, e di piè e di cavallo, come allora erano facili, così ora non sarebbero difficili a quella republica o a quel principe che volesse farli mettere in pratica alla sua gioventù, come per esperienza si vede in alcune città di Ponente dove si tengono vivi simili modi con questo ordine. Dividono quelle tutti i loro abitanti in varie parti, e ogni parte nominano da una generazione di quell'armi che egli usano in guerra. E perché egli usano picche, alabarde, archi e scoppietti, chiamano quelle: picchieri, alabardieri, scoppiettieri e arcieri. Conviene, adunque, a tutti gli abitanti dichiararsi in quale ordine voglia essere descritto. E perché tutti, o per vecchiezza o per altri impedimenti, non sono atti alla guerra, fanno di ciascuno ordine una scelta, e gli chiamano i Giurati; i quali ne' giorni oziosi sono obligati a esercitarsi in quell'armi dalle quali sono nominati. E ha ciascuno il luogo suo deputato dal publico, dove tale esercizio si debba fare; e quelli che sono di quello ordine, ma non de' Giurati, concorrono con i danari a quelle spese che in tale esercizio sono necessarie. Quello pertanto che fanno loro, potremmo fare noi; ma la nostra poca prudenza non lascia pigliare alcuno buono partito. Da questi esercizi nasceva che gli antichi avevano buone fanterie e che ora quegli di Ponente sono migliori fanti che i nostri; perché gli antichi gli esercitavano, o a casa, come facevano quelle republiche, o negli eserciti, come facevano quegli imperadori, per le cagioni che di sopra si dissono. Ma noi a casa esercitare non li vogliamo; in campo non possiamo, per non essere nostri suggetti e non gli potere obligare ad altri esercizi che per loro medesimi si vogliono. La quale cagione ha fatto che si sono straccurati prima gli esercizi e poi gli ordini, e che i regni e le repubbliche, massime italiane, vivono in tanta debolezza. Ma torniamo all'ordine nostro; e, seguitando questa materia degli esercizi, dico come non basta a far buoni eserciti avere indurati gli uomini, fattigli gagliardi, veloci e destri; che bisogna ancora ch'egli imparino a stare negli ordini, a ubbidire a' segni, a' suoni e alle voci del capitano, e sapere, stando, ritirandosi, andando innanzi, combattendo e camminando, mantenere quegli; perché sanza questa disciplina, con ogni accurata diligenza osservata e praticata, mai esercito non fu buono. E sanza dubbio gli uomini feroci e disordinati sono molto più deboli che i timidi e ordinati; perché l'ordine caccia dagli uomini il timore, il disordine scema la ferocia. E perché voi intendiate meglio quello che di sotto si dirà, voi avete a intendere come ogni nazione, nell'ordinare gli uomini suoi alla guerra, ha fatto nell'esercito suo, ovvero nella sua milizia uno membro principale; il quale, se l'hanno variato con il nome, l'hanno poco variato con il numero degli uomini, perché tutti l'hanno composto di sei in ottomila uomini. Questo membro da' Romani fu chiamato legione, da' Greci falange, dai Franzesi caterva. Questo medesimo ne' nostri tempi da' Svizzeri, i quali soli dell'antica milizia ritengono alcuna ombra, è chiamato in loro lingua quello che in nostra significa battaglione. Vero è che ciascuno l'ha poi diviso in varie battaglie e a suo proposito ordinato. Parmi, adunque, che noi fondiamo il nostro parlare in su questo nome come più noto, e di poi, secondo gli antichi e moderni ordini, il meglio che è possibile, ordinarlo. E perché i Romani dividevano la loro legione, che era composta di cinque in seimila uomini, in dieci coorti, io voglio che noi dividiamo il nostro battaglione in dieci battaglie e lo componiamo di seimila uomini di piè; e dareno a ogni battaglia quattrocentocinquanta uomini, de' quali ne sieno quattrocento armati d'armi gravi e cinquanta d'armi leggieri. L'armi gravi sieno trecento scudi con le spade, e chiaminsi scudati; e cento con le picche, e chiaminsi picche ordinarie; l'armi leggieri sieno cinquanta fanti armati di scoppietti, balestra e partigiane e rotelle; e questi da uno nome antico si chiamino veliti ordinarii. Tutte le dieci battaglie pertanto vengono ad avere tremila scudati, mille picche ordinarie e cinquecento veliti ordinarii; i quali tutti fanno il numero di quattromila cinquecento fanti. E noi diciamo che vogliamo fare il battaglione di seimila, però bisogna aggiugnere altri mille cinquecento fanti, de' quali ne farei mille con le picche, le quali chiamerei picche estraordinarie, e cinquecento armati alla leggiera, i quali chiamerei veliti estraordinarii. E così verrebbero le mie fanterie, secondo che poco fa dissi, a essere composte mezze di scudi e mezze fra picche e altre armi. Preporrei a ogni battaglia uno connestabole, quattro centurioni e quaranta capidieci; e di più un capo a' veliti ordinarii, con cinque capidieci. Darei alle mille picche estraordinarie tre connestaboli, dieci centurioni e cento capidieci; a' veliti estraordinarii due connestaboli, cinque centurioni e cinquanta capidieci. Ordinerei di poi un capo generale di tutto il battaglione. Vorrei che ciascuno connestabole avesse la bandiera e il suono. Sarebbe pertanto composto uno battaglione di dieci battaglie, di tremila scudati, di mille picche ordinarie, di mille estraordinarie, di cinquecento veliti ordinarii, di cinquecento estraordinarii; e così verrebbero ad essere seimila fanti, tra quali sarebbero mille cinquecento capidieci e, di più, quindici connestaboli con quindici suoni e quindici bandiere, cinquantacinque centurioni, dieci capi de' veliti ordinarii, e uno capitano di tutto il battaglione con la sua bandiera e con il suo suono. E vi ho volentieri replicato questo ordine più volte, acciò che poi, quando io vi mostrerò i modi dell'ordinare le battaglie e gli eserciti, voi non vi confondiate. Dico, pertanto, come quel re o quella republica dovrebbe quegli suoi sudditi ch'ella volesse ordinare all'armi, ordinargli con queste armi e con queste parti, e fare nel suo paese tanti battaglioni di quanti fusse capace. E quando gli avesse ordinati secondo la sopradetta distribuzione, volendogli esercitare negli ordini, basterebbe esercitargli battaglia per battaglia. E benché il numero degli uomini di ciascuna di esse non possa per sé fare forma d'uno giusto esercito, nondimeno può ciascuno uomo imparare a fare quello che s'appartiene a lui particolarmente; perché negli eserciti si osserva due ordini: l'uno, quello che deono fare gli uomini in ciascuna battaglia, e l'altro, quello che di poi debbe fare la battaglia quando è coll'altre in uno esercito. E quelli uomini che fanno bene il primo, facilmente osservano il secondo; ma, sanza sapere quello, non si può mai alla disciplina del secondo pervenire. Possono, adunque, come ho detto, ciascuna di queste battaglie da per sé imparare a tenere l'ordine delle file in ogni qualità di moto e di luogo e, di poi, a sapere mettersi insieme, intendere il suono mediante il quale nelle zuffe si comanda; sapere cognoscere da quello, come i galeotti dal fischio, quanto abbiano a fare, o a stare saldi, o gire avanti, o tornare indietro, o dove rivolgere l'armi e il volto. In modo che, sappiendo tenere bene le file, talmente che né luogo né moto le disordinino, intendendo bene i comandamenti del capo mediante il suono e sappiendo di subito ritornare nel suo luogo, possono poi facilmente, come io dissi, queste battaglie, sendone ridotte assai insieme, imparare a fare quello che tutto il corpo loro è obligato, insieme con l'altre battaglie, in un esercito giusto operare. E perché tale pratica universale ancora non è da istimare poco, si potrebbe una volta o due l'anno, quando fusse pace, ridurre tutto il battaglione insieme e dargli forma d'uno esercito intero, esercitandogli alcuni giorni come se si avesse a fare giornata, ponendo la fronte, i fianchi e i sussidi ne' luoghi loro. E perché uno capitano ordina il suo esercito alla giornata, o per conto del nimico che vede o per quello del quale sanza vederlo dubita, si debbe esercitare il suo esercito nell'uno modo e nell'altro, e istruirlo in modo che possa camminare e, se il bisogno lo ricercasse, combattere, mostrando a' tuoi soldati quando fussero assaltati da questa o da quella banda, come si avessero a governare. E quando lo istruisse da combattere contro al nimico che vedessono, mostrar loro come la zuffa s'appicca, dove si abbiano a ritirare sendo ributtati, chi abbi a succedere in luogo loro, a che segni, a che suoni, a che voci debbano ubbidire e praticarvegli in modo, con le battaglie e con gli assalti finti, ch'egli abbiano a disiderare i veri. Perché lo esercito animoso non lo fa per essere in quello uomini animosi, ma lo esservi ordini bene ordinati; perché se io sono de' primi combattitori, e io sappia, sendo superato, dove io m'abbia a ritirare e chi abbia a succedere nel luogo mio, sempre combatterò con animo, veggendomi il soccorso propinquo. Se io sarò de' secondi combattitori, lo essere spinti e ributtati i primi non mi sbigottirà, perché io mi arò presupposto che possa essere e l'arò disiderato, per essere quello che dia la vittoria al mio padrone, e non sieno quegli. Questi esercizi sono necessarissimi dove si faccia uno esercito di nuovo; e dove sia lo esercito vecchio sono necessarii, perché si vede come ancora che i Romani sapessero da fanciugli l'ordine degli eserciti loro, nondimeno quegli capitani, avanti che venissero al nimico, continuamente gli esercitavano in quegli. E Iòsafo nella sua Istoria dice che i continui esercizi degli eserciti romani facevano che tutta quella turba che segue il campo per guadagni, era, nelle giornate, utile; perché tutti sapevano stare negli ordini e combattere servando quelli. Ma negli eserciti d'uomini nuovi, o che tu abbi messi insieme per combattere allora, o che tu ne faccia ordinanza per combattere con il tempo, sanza questi esercizi, così delle battaglie di per sé, come di tutto l'esercito, è fatto nulla; perché, sendo necessarii gli ordini, conviene con doppia industria e fatica mostrargli a chi non gli sa, che mantenergli a chi gli sa, come si vede che per mantenergli e per insegnargli molti capitani eccellenti si sono sanza alcuno rispetto affaticati.

COSIMO E' mi pare che questo ragionamento vi abbia alquanto trasportato, perché, non avendo voi ancora dichiarati i modi con i quali s'esercitano le battaglie, voi avete ragionato dell'esercito intero e delle giornate.

FABRIZIO Voi dite la verità; e veramente ne è stata cagione l'affezione che io porto a questi ordini, e il dolore che io sento veggendo che non si mettono in atto, nondimanco non dubitate che io tornerò a segno. Come io v'ho detto la prima importanza che è nell'esercizio, delle battaglie, è sapere tenere bene le file. Per fare questo è necessario esercitargli in quegli ordini che chiamano chiocciole. E perché io vi dissi che una di queste battaglie debbe essere di quattrocento fanti armati d'armi gravi, io mi fermerò sopra questo numero. Deonsi adunque ridurre in ottanta file a cinque per fila. Di poi, andando o forte o piano, annodargli insieme e sciorli; il che come si faccia, si può dimostrare più con i fatti che con le parole. Di poi è meno necessario, perché ciascuno che è pratico negli eserciti sa come questo ordine proceda; il quale non è buono ad altro che all'avvezzare i soldati a tenere le file. Ma vegnamo a mettere insieme una di queste battaglie. Dico che si dà loro tre forme principali. La prima, la più utile, è farla tutta massiccia e darle la forma di due quadri; la seconda è fare il quadro con la fronte cornuta; la terza è farla con uno vacuo in mezzo che chiamano piazza. Il modo del mettere insieme la prima forma può essere di due sorti. L'una è fare raddoppiare le file: cioè, che la seconda fila entri nella prima, la quarta nella terza, la sesta nella quinta, e così successive; tanto che, dove ell'erono ottanta file a cinque per fila, diventino quaranta file a dieci per fila. Di poi farle raddoppiare un'altra volta nel medesimo modo, commettendosi l'una fila nell'altra, e così restono venti file a venti uomini per fila. Questo fa due quadri incirca, perché, ancora che sieno tanti uomini per un verso quanti per l'altro, nondimeno di verso le teste si congiungono insieme, che l'uno fianco tocca l'altro; ma per l'altro verso sono distanti almeno due braccia l'uno dall'altro, di qualità che il quadro è più lungo dalle spalle alla fronte, che dall'uno fianco all'altro. E perché noi abbiamo oggi a parlare più volte delle parti davanti, di dietro e da lato di queste battaglie e di tutto l'esercito insieme, sappiate che, quando io dirò o testa o fronte, vorrò dire le parti dinanzi; quando dirò spalle, la parte di dietro; quando dirò fianchi, le parti da lato. I cinquanta veliti ordinarii della battaglia non si mescolano con l'altre file, ma, formata che è la battaglia, si distendono per i fianchi di quella. L'altro modo di mettere insieme la battaglia è questo; e perché egli è migliore che il primo, io vi voglio mettere davanti agli occhi appunto com'ella si debbe ordinare. Io credo che voi vi ricordiate di che numero d'uomini, di che capi ella è composta e di che armi armata. La forma adunque che debbe avere questa battaglia, è, come io dissi, di venti file a venti uomini per fila: cinque file di picche in fronte e quindici file di scudi a spalle; due centurioni stieno nella fronte e due dietro alle spalle, i quali facciano l'ufficio di quegli che gli antichi chiamavano tergiduttori; il connestabole con la bandiera e con il suono stia in quello spazio che è tra le cinque file delle picche e le quindici degli scudi; de' capidieci, ne stia, sopr'ogni fianco di fila, uno, in modo che ciascuno abbia a canto i suoi uomini; quegli che saranno a mano manca, in su la man destra; quelli che sieno a mano destra, in su la man manca. Li cinquanta veliti stieno a' fianchi e a spalle della battaglia. A volere ora che, andando per l'ordinario i fanti, questa battaglia si metta insieme in questa forma, conviene ordinarsi così: fare di avere ridotti i fanti in ottanta file a cinque per fila, come poco fa dicemmo, lasciando i veliti o dalla testa o dalla coda, pure ch'egli stieno fuora di quest'ordine; e debbesi ordinare che ogni centurione abbia dietro alle spalle venti file, e sia dietro a ogni centurione immediate cinque file di picche, e il resto scudi. Il connestabole stia con il suono e con la bandiera in quello spazio che è tra le picche e gli scudi del secondo centurione, e occupino i luoghi di tre scudati. Degli capidieci, venti ne stieno ne' fianchi delle file del primo centurione in sulla man sinistra, e venti ne stieno ne' fianchi delle file dell'ultimo centurione in sulla man destra. E avete ad intendere che il capodieci che ha a guidare le picche, debbe avere la picca, e quegli che guidano gli scudi, deono avere l'armi simili. Ridotte adunque in questo ordine le file e volendo nel camminare ridurle in battaglia per fare testa, tu hai a fare che si fermi il primo centurione con le prime venti file, ed il secondo seguiti di camminare e, girandosi in su la man ritta, ne vada lungo i fianchi delle venti file ferme, tanto che si attesti con l'altro centurione, dove si fermi ancora egli; e il terzo centurione seguiti di camminare, pure girando in su la man destra, e, lungo i fianchi delle file ferme, cammini tanto che si attesti con gli altri due centurioni: e, fermandosi ancora egli, l'altro centurione seguiti con le sue file, pure piegando in su la destra lungo i fianchi delle file ferme, tanto ch'egli arrivi alla testa degli altri, e allora si fermi; e subito due de' centurioni soli si partino dalla fronte e vadino a spalle della battaglia, la quale viene fatta in quel modo e con quello ordine appunto che poco fa ve la dimostrammo. I veliti si distendino per i fianchi di essa, secondo che nel primo modo si dispose, il quale modo si chiama raddoppiargli per retta linea; questo si dice raddoppiargli per fianco. Quel primo modo è più facile, questo più ordinato e vien più appunto e meglio lo puoi a tuo modo correggere; perché in quello conviene ubbidire al numero, perché cinque ti fa dieci, dieci venti, venti quaranta, tal che, con il raddoppiare per diritto, tu non puoi fare una testa di quindici né di venticinque, né di trenta, né di trentacinque, ma ti bisogna andare dove quel numero ti mena. Eppure occorre ogni dì, nelle fazioni particolari, che conviene fare testa con secento o ottocento fanti, in modo che il raddoppiare per linea retta ti disordinerebbe. Però mi piace più questo; e quella difficultà che vi è più, conviene con la pratica e con l'esercizio facilitarla. Dicovi, adunque com'egl'importa più che cosa alcuna avere i soldati che si sappiano mettere negli ordini tosto; ed è necessario tenergli in queste battaglie, esercitarvegli dentro e fargli andare forte o innanzi o indietro, passare per luoghi difficili sanza turbare l'ordine; perché i soldati che sanno fare questo bene, sono soldati pratichi, e, ancora che non avessero mai veduti nimici in viso, si possono chiamare soldati vecchi. E al contrario, quegli che non sanno tenere questi ordini, se si fussero trovati in mille guerre, si deono sempre istimare soldati nuovi. Questo è quanto al mettergli insieme, quando sono nelle file piccole, camminando. Ma messi che sono, e poi, essendo rotti per qualche accidente che nasca o dal sito o dal nimico, a fare che in uno subito si riordinino, questa è la importanza e la difficultà e dove bisogna assai esercizio ed assai pratica, e dove gli antichi mettevano assai studio. È necessario pertanto fare due cose: prima, avere questa battaglia piena di contrassegni; l'altra, tenere sempre questo ordine: che quegli medesimi fanti stieno sempre in quelle medesime file. Verbigrazia, se uno ha cominciato a stare nella seconda, ch'egli stia di poi sempre in quella; e non solamente in quella medesima fila, ma in quello medesimo luogo; a che osservare, come ho detto, sono necessarii gli assai contrassegni. In prima, è necessario che la bandiera sia in modo contrassegnata che, convenendo con l'altre battaglie, ella si conosca da loro. Secondo, che il connestabole e i centurioni abbiano pennacchi in testa, differenti e conoscibili; e, quello che importa più, ordinare che si conoscano i capidieci. A che gli antichi avevano tanta cura, che, non ch'altro, avevano scritto nella celata il numero, chiamandoli primo, secondo, terzo, quarto, ecc. E non erano ancora contenti a questo; che de' soldati ciascuno aveva scritto nello scudo il numero della fila e il numero del luogo che in quella fila gli toccava. Sendo dunque gli uomini contrassegnati così e assuefatti a stare tra questi termini, è facil cosa, disordinati che fussono, tutti riordinarli subito; perché, ferma che è la bandiera, i centurioni e i capidieci possono giudicare a occhio il luogo loro, e, ridottisi i sinistri da sinistra, i destri da destra con le distanze loro consuete, i fanti, guidati dalla regola loro e dalle differenze de' contrassegni, possono essere subito ne' luoghi propri; non altrimenti che, se tu scommetti le doghe d'una botte che tu abbi contrassegnata prima, con facilità grandissima la riordini; che non l'avendo contrassegnata, è impossibile a riordinarla. Queste cose con la diligenza e con l'esercizio s'insegnano tosto e tosto s'imparano, e, imparate, con difficultà si scordano, perché gli uomini nuovi sono guidati da' vecchi, e con il tempo una provincia con questi esercizi diventerebbe tutta pratica nella guerra. È necessario ancora insegnare loro voltarsi in un tempo e fare quando egli accaggia, de' fianchi e delle spalle fronte, e della fronte fianchi e spalle. Il che è facilissimo, perché basta che ogni uomo volti la sua persona verso quella parte che gli è comandato; e dove voltano il volto, quivi viene ad essere la fronte. Vero è che quando si voltano per fianco, gli ordini tornano fuora della proporzione loro, perché dal petto alle spalle v'è poca distanza, e dall'un fianco all'altro v'è assai distanza; il che è tutto contro all'ordine ordinario delle battaglie. Però conviene che la pratica e la discrezione gli rassetti. Ma questo è poco disordine, perché facilmente per loro medesimi vi rimediano. Ma quello che importa più, e dove bisogna più pratica, è quando una battaglia si vuole voltare tutta come s'ella fusse un corpo solido. Qui conviene avere gran pratica e gran discrezione, perché, volendola girare, verbigrazia, in su la man manca, bisogna che si fermi il corno manco e, quegli che sono più propinqui a chi sta fermo, camminino tanto adagio, che quegli che sono dritto non abbiano a correre; altrimenti ogni cosa si confonderebbe. Ma perché egli occorre sempre, quando uno esercito cammina da luogo a luogo, che le battaglie che non sono poste in fronte, hanno a combattere non per testa, ma o per fianco o a spalle, in modo che una battaglia ha in uno subito a fare del fianco o delle spalle testa (e volendo che simili battaglie in tale caso abbiano la proporzione loro, secondo che di sopra si è dimostro, è necessario che ell'abbiano le picche da quel fianco che abbia ad essere testa e i capidieci, centurioni e connestabole, a quello ragguaglio, ne' luoghi loro) però, a volere fare questo, nel metterle insieme vi bisogna ordinare le ottanta file di cinque per fila, così: mettere tutte le picche nelle prime venti file, e, de' capidieci d'esse, metterne cinque nel primo luogo e cinque nell'ultimo; l'altre sessanta file, che vengono dietro, sono tutte di scudi; che vengono ad essere tre centurie. Vuolsi adunque che la prima e ultima fila d'ogni centuria sieno capidieci; il connestabole con la bandiera e con il suono stia nel mezzo della prima centuria degli scudi i centurioni in testa d'ogni centuria ordinati. Ordinati così, quando volessi che le picche venissono in sul fianco manco, voi gli avete a raddoppiare centuria per centuria dal fianco ritto, se volessi ch'elle venissero dal fianco ritto, voi le avete a raddoppiare dal manco. E così questa battaglia torna con le picche sopr'un fianco, con i capidieci da testa e da spalle, con i centurioni per testa e il connestabole nel mezzo. La quale forma tiene andando; ma, venendo il nimico e il tempo ch'ella voglia fare del fianco testa, non si ha se non a fare voltare il viso a tutti i soldati verso quel fianco dove sono le picche; e torna allora la battaglia con le file e con i capi in quel modo si è ordinata di sopra; perché da' centurioni in fuora tutti sono ne' luoghi loro, e i centurioni subito e sanza difficultà vi entrano. Ma quando ell'abbia, camminando per testa, a combattere a spalle, conviene ordinare le file in modo che, mettendole in battaglia, le picche vengano di dietro; e a fare questo non s'ha a tenere altro ordine se non che, dove, nello ordinare la battaglia, per l'ordinario ogni centuria ha cinque file di picche davanti, le abbia di dietro, e in tutte l'altre parti osservare l'ordine che io dissi prima.

COSIMO Voi avete detto, se bene mi ricorda, che questo modo dello esercizio è per potere poi ridurre queste battaglie insieme in uno esercito, e che questa pratica serve a potere ordinarsi in quello. Ma s'egli occorresse che questi quattrocento cinquanta fanti avessono a fare una fazione separata, come gli ordineresti?

FABRIZIO Dee, chi gli guida, allora giudicare dove egli vuole collocare le picche, e quivi porle. Il che non repugna in parte alcuna all'ordine soprascritto; perché, ancora che quello sia il modo che si osserva per fare la giornata insieme con l'altre battaglie, nondimeno non è regola che serve a tutti quegli modi nelli quali ti occorresse averti a maneggiare. Ma nel mostrarvi gli altri due modi, da me preposti, di ordinare le battaglie, sodisfarò ancora più alla domanda vostra; perché o e' non si usano mai, o e' si usano quando una battaglia è sola e non in compagnia dell'altre. E per venire al modo di ordinarla con due corna, dico che tu dèi ordinare le ottanta file a cinque per fila in questo modo: porre là in mezzo uno centurione, e, dopo lui, venticinque file che sieno di due picche in su la sinistra e di tre scudi in su la destra; e dopo le prime cinque, sieno posti nelle venti sequenti venti capidieci; tutti tra le picche e gli scudi, eccetto che quelli che portano le picche, i quali possono stare con le picche. Dopo queste venticinque file così ordinate si ponga un altro centurione: il quale abbia dietro a sé quindici file di scudi. Dopo questi il connestabole in mezzo del suono e della bandiera; il quale ancora abbia dietro a sé altre quindici file di scudi. Dopo queste si ponga il terzo centurione; e abbia dietro a sé venticinque file, in ognuna delle quali sieno tre scudi in su la sinistra e due picche in su la destra; e dopo le cinque prime file sieno venti capidieci posti tra le picche e gli scudi. Dopo queste file sia il quarto centurione. Volendo pertanto di queste file così ordinate fare una battaglia con due corna, si ha a fermare il primo centurione con le venticinque file che gli sono dietro. Di poi si ha a muovere il secondo centurione con le quindici file scudate che gli sono a spalle, e volgersi a mano ritta e, su per il fianco ritto delle venticinque file, andare tanto ch'egli arrivi alla quintadecima fila, e qui fermarsi. Di poi si ha a muovere il connestabole con le quindici file degli scudati che gli sono dietro, e, girando pure in su la destra, su per il fianco destro delle quindici file mosse prima, cammini tanto ch'egli arrivi alla testa loro, e quivi si fermi. Di poi muova il terzo centurione con le venticinque file e con il quarto centurione che era dietro, e, girando pure in su la ritta, cammini su per il fianco destro delle quindici file ultime degli scudati, e non si fermi quando è alla testa di quelle, ma seguiti di camminare, tanto che l'ultime file delle venticinque sieno al pari delle file di dietro. E, fatto questo, il centurione che era capo delle prime quindici file degli scudati, si lievi donde era e ne vadia a spalle nello angulo sinistro. E così tornerà una battaglia di venticinque file ferme, a venti fanti per fila, con due corna, sopr'ogni canto della fronte uno, e ciascuno arà dieci file a cinque per fila, e resterà uno spazio tra le due corna, quanto tengono dieci uomini che volgano i fianchi l'uno all'altro. Sarà tra le due corna il capitano; in ogni punta di corno uno centurione. Sarà ancora di dietro in ogni canto uno centurione. Fieno due file di picche e venti capidieci da ogni fianco. Servono queste due corna a tenere tra quelle l'artiglierie, quando questa battaglia ne avesse con seco, e i carriaggi. I veliti hanno a stare lungo i fianchi sotto le picche. Ma a volere ridurre questa battaglia cornuta con la piazza, non si dee fare altro che, delle quindici file di venti per fila, prenderne otto e porle in su la punta delle due corna: le quali allora di corna diventano spalle della piazza. In questa piazza si tengono i carriaggi; stavvi il capitano e la bandiera; ma non già l'artiglierie, le quali si mettono o nella fronte o lungo i fianchi. Questi sono i modi che si possono tenere da una battaglia, quando, sola, dee passare per i luoghi sospetti. Nondimeno la battaglia soda, sanza corna e sanza piazza è meglio. Pure, volendo assicurare i disarmati, quella cornuta è necessaria. Fanno i Svizzeri ancora molte forme di battaglie; tra le quali ne fanno una a modo di croce, perché, negli spazi che sono tra i rami di quella, tengono sicuri dall'urto de' nimici i loro scoppiettieri. Ma perché simili battaglie sono buone a combattere da per loro, e la intenzione mia è mostrare come più battaglie unite insieme combattono, non voglio affaticarmi altrimenti in dimostrarle.

COSIMO E' mi pare avere assai bene compreso il modo che si dee tenere a esercitare gli uomini in queste battaglie; ma, se mi ricorda bene, voi avete detto come, oltre alle dieci battaglie, voi aggiugnevi al battaglione mille picche estraordinarie e cinquecento veliti estraordinarii. Questi non gli vorresti voi descrivere ed esercitare?

FABRIZIO Vorrei, e con diligenza grandissima. E le picche eserciterei almeno bandiera per bandiera, negli ordini delle battaglie, come gli altri; perché di questi io mi servirei più che delle battaglie ordinarie in tutte le fazioni particolari, come è fare scorte, predare, e simili cose. Ma i veliti gli eserciterei alle case senza ridurli insieme; perché, sendo l'ufficio loro combattere rotti, non è necessario che convenghino con li altri negli esercizi comuni, perché assai sarebbe esercitargli bene negli esercizi particolari. Deonsi adunque, come in prima vi dissi né ora mi pare fatica replicarlo, fare esercitare i suoi uomini in queste battaglie, in modo che sappiano tenere le file, conoscere i luoghi loro, tornarvi subito quando o nimico o sito gli perturbi, perché, quando si sa fare questo, facilmente s'impara poi il luogo che ha a tenere una battaglia e quale sia l'ufficio suo negli eserciti. E quando uno principe o una republica durerà fatica e metterà diligenza in questi ordini e in queste esercitazioni, sempre avverrà che nel paese suo saranno buoni soldati; ed essi fieno superiori a' loro vicini e saranno quegli che daranno e non riceveranno le leggi dagli altri uomini. Ma, come io vi ho detto, il disordine nel quale si vive fa che si straccurano e non si istimano queste cose; e però gli eserciti nostri non son buoni; e se pure ci fusse o capi o membra naturalmente virtuosi, non la possono dimostrare.

COSIMO Che carriaggi vorresti voi che avesse ciascuna di queste battaglie?

FABRIZIO La prima cosa, io non vorrei che né centurione né capodieci avesse da ire a cavallo; e se il connestabole volesse cavalcare vorrei ch'egli avesse mulo e non cavalio. Permettere'gli bene due carriaggi e uno a qualunque centurione e due ad ogni tre capidieci, perché tanti ne alloggiamo per alloggiamento, come nel suo luogo direno; talmente che ogni battaglia verrebbe avere trentasei carriaggi; i quali vorrei portassono di necessità le tende, i vasi da cuocere, scure e pali di ferro in sufficienza per fare gli alloggiamenti e, di poi, se altro potessono, a commodità loro.

COSIMO Io credo che i capi da voi ordinati in ciascuna di queste battaglie sieno necessarii; nondimeno io dubiterei che tanti comandatori non si confondessero.

FABRIZIO Cotesto sarebbe quando non si referissono a uno, ma, referendosi, fanno ordine; anzi sanza essi è impossibile reggersi; perché uno muro il quale da ogni parte inclini, vuole piuttosto assai puntegli e spessi, ancora che non così forti, che pochi, ancora che gagliardi, perché la virtù d'uno solo non rimedia alla rovina discosto. E però conviene che negli eserciti, e tra ogni dieci uomini, sia uno di più vita, di più cuore o almeno di più autorità, il quale con lo animo, con le parole, con lo esempio tenga gli altri fermi e disposti al combattere. E che queste cose da me dette sieno necessarie in uno esercito, come i capi, le bandiere, i suoni, si vede che noi l'abbiamo tutte ne' nostri eserciti; ma niuna fa l'ufficio suo. Prima, i capidieci, a volere che facciano quello per che sono ordinati, è necessario abbia, come ho detto, ciascuno distinti i suoi uomini, alloggi con quegli, faccia le fazioni, stia negli ordini con quegli; perché collocati ne' luoghi loro sono come uno rigo e temperamento a mantenere le file diritte e ferme, ed è impossibile ch'elle disordinino o, disordinando, non si riduchino tosto ne' luoghi loro. Ma noi oggi non ce ne serviamo ad altro che a dare loro più soldo che agli altri e a fare che facciano qualche fazione particolare. Il medesimo ne interviene delle bandiere, perché si tengono piuttosto per fare bella una mostra, che per altro militare uso. Ma gli antichi se ne servivano per guida e per riordinarsi; perché ciascuno, ferma che era la bandiera, sapeva il luogo che teneva presso alla sua bandiera e vi ritornava sempre. Sapeva ancora come, movendosi e stando quella, avevano a fermarsi o a muoversi. Però è necessario in uno esercito che vi sia assai corpi, e ogni corpo abbia la sua bandiera e la sua guida; perché, avendo questo, conviene ch'egli abbia assai anime e, per consequente, assai vita. Deono adunque i fanti camminare secondo la bandiera e la bandiera muoversi secondo il suono; il quale suono, bene ordinato, comanda allo esercito; il quale, andando con i passi che rispondano a' tempi di quello, viene a servare facilmente gli ordini. Onde che gli antichi avieno sufoli, pifferi e suoni modulati perfettamente; perché, come chi balla procede con il tempo della musica e, andando con quella, non erra, così uno esercito, ubbidendo nel muoversi a quel suono, non si disordina. E però variavano il suono, secondo che volevano variare il moto e secondo che volevano accendere o quietare o fermare gli animi degli uomini. E come i suoni erano varii, così variamente gli nominavano. Il suono dorico generava costanzia, il frigio furia, donde che dicono che, essendo Alessandro a mensa e sonando uno il suono frigio, gli accese tanto l'animo, che misse mano all'armi. Tutti questi modi sarebbe necessario ritrovare; e quando questo fusse difficile, non si vorrebbe almeno lasciare indietro quegli che insegnassono ubbidire al soldato; i quali ciascuno può variare e ordinare a suo modo, pure che con la pratica assuefaccia gli orecchi de' suoi soldati a conoscerli. Ma oggi di questo suono non se ne cava altro frutto in maggiore parte, che fare quel rumore.

COSIMO Io disidererei intendere da voi, se mai con voi medesimo l'avete discorso, donde nasca tanta viltà e tanto disordine e tanta negligenza, in questi tempi, di questo esercizio.

FABRIZIO Io vi dirò volentieri quello che io ne pensi. Voi sapete come degli uomini eccellenti in guerra ne sono stati nominati assai in Europa, pochi in Affrica e meno in Asia. Questo nasce perché queste due ultime parti del mondo hanno avuto uno principato o due, e poche republiche; ma l'Europa solamente ha avuto qualche regno e infinite republiche. Gli uomini diventono eccellenti e mostrano la loro virtù, secondo che sono adoperati e tirati innanzi dal principe loro, o republica o re che si sia. Conviene pertanto che, dove è assai potestadi, vi surga assai valenti uomini; dove ne è poche, pochi. In Asia si truova Nino, Ciro, Artaserse, Mitridate, e pochissimi altri che a questi facciano compagnia. In Affrica si nominano, lasciando stare quella antichità egizia, Massinissa, Iugurta, e quegli capitani che dalla republica cartaginese furono nutriti; i quali ancora, rispetto a quegli d'Europa, sono pochissimi; perché in Europa sono gli uomini eccellenti sanza numero, e tanti più sarebbero, se insieme con quegli si nominassono gli altri che sono stati dalla malignità del tempo spenti; perché il mondo è stato più virtuoso dove sono stati più Stati che abbiano favorita la virtù o per necessità o per altra umana passione. Sursero adunque in Asia pochi uomini, perché quella provincia era tutta sotto uno regno, nel quale, per la grandezza sua, stando esso la maggior parte del tempo ozioso, non poteva nascere uomini nelle faccende eccellenti. All'Affrica intervenne il medesimo; pure vi se ne nutrì più, rispetto alla republica cartaginese. Perché delle republiche esce più uomini eccellenti che de' regni, perché in quelle il più delle volte si onora la virtù, ne' regni si teme; onde ne nasce che nell'una gli uomini virtuosi si nutriscono, nell'altra si spengono. Chi considererà adunque la parte d'Europa, la troverrà essere stata piena di republiche e di principati, i quali, per timore che l'uno aveva dell'altro, erano constretti a tenere vivi gli ordini militari e onorare coloro che in quegli più si prevalevano. Perché in Grecia, oltre al regno de' Macedoni, erano assai republiche, e in ciascuna di quelle nacquero uomini eccellentissimi. In Italia erano i Romani, i Sanniti, i Toscani, i Galli Cisalpini. La Francia e la Magna era piena di republiche e di principi; la Ispagna quel medesimo. E benché a comparazione de' Romani se ne nominino pochi altri, nasce dalla malignità degli scrittori, i quali seguitano la fortuna, e a loro il più delle volte basta onorare i vincitori. Ma egli non è ragionevole che tra i Sanniti e i Toscani, i quali combatterono cento cinquanta anni col popolo romano prima che fussero vinti, non nascessero moltissimi uomini eccellenti. E così medesimamente in Francia e in Ispagna. Ma quella virtù che gli scrittori non celebrano negli uomini particolari, celebrano generalmente ne' popoli, dove esaltano infino alle stelle l'ostinazione che era in quegli per difendere la libertà loro. Sendo adunque vero che, dove sia più imperii, surga più uomini valenti, seguita di necessità che, spegnendosi quelli, si spenga di mano in mano la virtù, venendo meno la cagione che fa gli uomini virtuosi. Essendo pertanto di poi cresciuto l'imperio romano, e avendo spente tutte le republiche e i principati d'Europa e d'Affrica e in maggior parte quelli dell'Asia, non lasciò alcuna via alla virtù, se non Roma. Donde ne nacque che cominciarono gli uomini virtuosi a essere pochi in Europa come in Asia; la quale virtù venne poi in ultima declinazione, perché, sendo tutta la virtù ridotta in Roma, come quella fu corrotta, venne a essere corrotto quasi tutto il mondo; e poterono i popoli Sciti venire a predare quello Imperio il quale aveva la virtù d'altri spenta e non saputo mantenere la sua. E benché poi quello Imperio, per la inundazione di quegli barbari, si dividesse in più parti, questa virtù non vi è rinata; l'una, perché si pena un pezzo a ripigliare gli ordini quando sono guasti; l'altra, perché il modo del vivere d'oggi, rispetto alla cristiana religione, non impone quella necessità al difendersi, che anticamente era; perché, allora, gli uomini vinti in guerra o s'ammazzavano o rimanevano in perpetuo schiavi, dove menavano la loro vita miseramente; le terre vinte o si desolavano o ne erano cacciati gli abitatori, tolti loro i beni, mandati dispersi per il mondo; tanto che i superati in guerra pativano ogni ultima miseria. Da questo timore spaventati, gli uomini tenevano gli esercizi militari vivi e onoravano chi era eccellente in quegli. Ma oggi questa paura in maggior parte è perduta; de' vinti, pochi se ne ammazza; niuno se ne tiene lungamente prigione, perché con facilità si liberano. Le città, ancora ch'elle si sieno mille volte ribellate, non si disfanno; lasciansi gli uomini ne' beni loro, in modo che il maggior male che si tema è una taglia; talmente che gli uomini non vogliono sottomettersi agli ordini militari e stentare tuttavia sotto quegli, per fuggire quegli pericoli de' quali temono poco. Di poi queste provincie d'Europa sono sotto pochissimi capi, rispetto allora; perché tutta la Francia obedisce a uno re, tutta l'Ispagna a un altro, l'Italia è in poche parti; in modo che le città deboli si difendono con lo accostarsi a chi vince, e gli stati gagliardi, per le cagioni dette, non temono una ultima rovina.

COSIMO E' si sono pur vedute molte terre andare a sacco, da venticinque anni in qua, e perdere de' regni, il quale esemplo doverrebbe insegnare agli altri vivere e ripigliare alcuno degli ordini antichi.

FABRIZIO Egli è quello che voi dite; ma se voi noterete quali terre sono ite a sacco, voi non troverrete ch'elle sieno de' capi degli stati, ma delle membra: come si vede che fu saccheggiata Tortona e non Milano, Capova e non Napoli, Brescia e non Vinegia, Ravenna e non Roma. I quali esempli non fanno mutare di proposito chi governa, anzi gli fa stare più nella loro opinione di potersi ricomperare con le taglie; e per questo non vogliono sottoporsi agli affanni degli esercizi della guerra, parendo loro, parte non necessario, parte uno viluppo che non intendono. Quegli altri che sono servi, a chi tali esempli doverrebbero fare paura, non hanno potestà di rimediarvi; e quegli principi, per avere perduto lo stato, non sono più a tempo, e quegli che lo tengono, non sanno e non vogliono; perché vogliono sanza alcuno disagio stare con la fortuna e non con la virtù loro, perché veggono che, per esserci poca virtù, la fortuna governa ogni cosa, e vogliono che quella gli signoreggi, non essi signoreggiare quella. E che questo che io ho discorso sia vero, considerate la Magna; nella quale, per essere assai principati e republiche, vi è assai virtù, e tutto quello che nella presente milizia è di buono, depende dallo esemplo di quegli popoli; i quali, sendo tutti gelosi de' loro stati, temendo la servitù (il che altrove non si teme) tutti si mantengono signori e onorati. Questo voglio che basti avere detto a mostrare le cagioni della presente viltà, secondo l'opinione mia. Non so se a voi pare il medesimo, o se vi fusse nata, per questo ragionare, alcuna dubitazione.

COSIMO Niuna; anzi rimango di tutto capacissimo. Solo disidero, tornando alla materia principale nostra, intendere da voi come voi ordineresti i cavagli con queste battaglie, e quanti e come capitanati e come armati.

FABRIZIO E' vi pare forse che io gli abbia lasciati indietro; di che non vi maravigliate, perché io sono per due cagioni per parlarne poco: l'una, perché il nervo e la importanza dello esercito è la fanteria; l'altra, perché questa parte di milizia è meno corrotta che quella de' fanti; perché, s'ella non è più forte dell'antica, ell'è al pari. Pure si è detto, poco innanzi, del modo dello esercitargli. E quanto allo armargli, io gli armerei come al presente si fa, così i cavagli leggieri come gli uomini d'arme. Ma i cavagli leggieri vorrei che fussero tutti balestrieri con qualche scoppiettiere tra loro; i quali, benché negli altri maneggi di guerra sieno poco utili, sono a questo utilissimi: di sbigottire i paesani e levargli di sopra uno passo che fusse guardato da loro, perché più paura farà loro un scoppiettiere che venti altri armati. Ma, venendo al numero, dico che, avendo tolto a imitare la milizia romana, io non ordinerei se non trecento cavagli utili per ogni battaglione; de' quali vorrei ne fusse centocinquanta uomini d'arme e centocinquanta cavagli leggieri; e darei a ciascuna di queste parti uno capo, faccendo poi tra loro quindici capidieci per banda, dando a ciascuna uno suono e una bandiera. Vorrei che ogni dieci uomini d'arme avessero cinque carriaggi e, ogni dieci cavalli leggieri, due; i quali, come quegli de' fanti, portassero le tende, i vasi, e le scure e i pali e, sopravanzando, gli altri arnesi loro. Né crediate che questo sia disordine, vedendo ora come gli uomini d'arme hanno al loro servizio quattro cavagli, perché tale cosa è una corruttela; perché si vede nella Magna quegli uomini d'arme essere soli con il loro cavallo; solo avere, ogni venti, uno carro che porta loro dietro le cose loro necessarie. I cavagli de' Romani erano medesimamente soli; vero è che i triarii alloggiavano propinqui alla cavalleria, i quali erano obligati a sumministrare aiuto a quella nel governo de' cavagli; il che si può facilmente imitare da noi, come nel distribuire degli alloggiamenti vi si mostrerà. Quello, adunque, che facevano i Romani, e quello che fanno oggi i Tedeschi, possiamo fare ancora noi, anzi, non lo faccendo, si erra. Questi cavagli ordinati e descritti insieme col battaglione, si potrebbero qualche volta mettere insieme, quando si ragunassono le battaglie, e fare che tra loro facessero qualche vista d'assalto, il quale fussi più per riconoscersi insieme, che per altra necessità. Ma sia per ora detto di questa parte abbastanza; e discendiamo a dare forma a uno esercito per potere presentare la giornata al nimico e sperare di vincerla; la quale cosa è il fine per il quale si ordina la milizia e tanto studio si mette in quella.

LIBRO TERZO

COSIMO Poiché noi mutiamo ragionamento, io voglio che si muti domandatore, perché io non vorrei essere tenuto presuntuoso; il che sempre ho biasimato negli altri. Però io depongo la dittatura, e do questa autorità a chi la vuole di questi altri miei amici.

ZANOBI E' ci era gratissimo che voi seguitassi; pure, poiché voi non volete, dite almeno quale di noi dee succedere nel luogo vostro.

COSIMO Io voglio dare questo carico al signore.

FABRIZIO Io sono contento prenderlo, e voglio che noi seguitiamo il costume viniziano: che il più giovane parli prima, perché, sendo questo esercizio da giovani, mi persuado che i giovani sieno più atti a ragionarne, come essi sono più pronti a esequirlo.

COSIMO Adunque e' tocca a voi, Luigi. E come io ho piacere di tale successore, così voi vi sodisfarete di tale domandatore. Però vi priego torniamo alla materia e non perdiamo più tempo.

FABRIZIO Io son certo che, a volere dimostrare bene come si ordina uno esercito per far la giornata, sarebbe necessario narrare come i Greci e i Romani ordinavano le schiere negli loro eserciti. Nondimeno, potendo voi medesimi leggere e considerare queste cose mediante gli scrittori antichi, lascerò molti particolari indietro, e solo ne addurrò quelle cose che di loro mi pare necessario imitare, a volere ne' nostri tempi dare alla milizia nostra qualche parte di perfezione. Il che farà che in uno tempo io mostrerò come uno esercito si ordini alla giornata, e come si affronti nelle vere zuffe, e come si possa esercitarlo nelle finte. Il maggiore disordine che facciano coloro che ordinano uno esercito alla giornata, è dargli solo una fronte e obligarlo a uno impeto e una fortuna. Il che nasce dallo avere perduto il modo che tenevano gli antichi a ricevere l'una schiera nell'altra; perché, sanza questo modo, non si può né sovvenire a' primi, né difendergli, né succedere nella zuffa in loro scambio; il che da' Romani era ottimamente osservato. Per volere adunque mostrare questo modo, dico come i Romani avevano tripartita ciascuna legione in astati, principi e triarii; de' quali, gli astati erano messi nella prima fronte dello esercito con gli ordini spessi e fermi; dietro a' quali erano i principi, ma posti con gli loro ordini più radi: dopo questi mettevano i triarii, e con tanta radità di ordini che potessono, bisognando, ricevere tra loro i principi e gli astati. Avevano, oltre a questi, i funditori e i balestrieri e gli altri armati alla leggiera; i quali non stavano in questi ordini, ma li collocavano nella testa dello esercito tra li cavagli e i fanti. Questi, adunque, leggermente armati appiccavano la zuffa; se vincevano, il che occorreva rade volte, essi seguivano la vittoria; se erano ributtati, si ritiravano per i fianchi dello esercito o per gli intervalli a tale effetto ordinati, e si riducevano tra' disarmati. Dopo la partita de' quali venivano alle mani con il nimico gli astati; i quali, se si vedevano superare, si ritiravano a poco a poco per la radità degli ordini tra' principi e, insieme con quegli, rinnovavano la zuffa. Se questi ancora erano sforzati, si ritiravano tutti nella radità degli ordini de' triarii e, tutti insieme, fatto uno mucchio, ricominciavano la zuffa; e se questi la perdevano, non vi era più rimedio, perché non vi restava più modo a rifarsi. I cavagli stavano sopra alli canti dello esercito, posti a similitudine di due alie a uno corpo; e or combattevano con i cavagli, or sovvenivano i fanti, secondo che il bisogno lo ricercava. Questo modo di rifarsi tre volte è quasi impossibile a superare, perché bisogna che tre volte la fortuna ti abbandoni e che il nimico abbia tanta virtù che tre volte ti vinca. I Greci non avevano con le loro falangi questo modo di rifarsi; e benché in quelle fusse assai capi e di molti ordini, nondimeno ne facevano un corpo, ovvero una testa. Il modo ch'essi tenevano in sovvenire l'uno l'altro era, non di ritirarsi l'uno ordine nell'altro, come i Romani, ma di entrare l'uno uomo nel luogo dell'altro. Il che facevano in questo modo: la loro falange era ridotta in file; e pognamo che mettessono per fila cinquanta uomini, venendo poi con la testa sua contro al nimico; di tutte le file, le prime sei potevano combattere perché le loro lance, le quali chiamavano sarisse, erano sì lunghe che la sesta fila passava con la punta della sua lancia fuora della prima fila. Combattendo, adunque, se alcuno della prima o per morte o per ferite cadeva, subito entrava nel luogo suo quello che era di dietro nella seconda fila, e, nel luogo che rimaneva vòto della seconda, entrava quello che gli era dietro nella terza; e così successive in uno subito le file di dietro instauravano i difetti di quegli davanti; in modo che le file sempre restavano intere e niuno luogo era di combattitori vacuo, eccetto che la fila ultima, la quale si veniva consumando per non avere dietro alle spalle chi la instaurasse, in modo che i danni che pativano le prime file consumavano le ultime, e le prime restavano sempre intere; e così queste falangi, per l'ordine loro, si potevano piuttosto consumare che rompere, perché il corpo grosso le faceva più immobili. Usarono i Romani, nel principio, le falangi, e instruirono le loro legioni a similitudine di quelle. Di poi non piacque loro questo ordine, e divisero le legioni in più corpi, cioè in coorti e in manipuli; perché giudicarono, come poco fa dissi, che quel corpo avesse più vita, che avesse più anime, e che fusse composto di più parti, in modo che ciascheduna per sé stessa si reggesse. I battaglioni de' Svizzeri usano in questi tempi tutti i modi della falange, così nello ordinarsi grossi e interi, come nel sovvenire l'uno l'altro; e nel fare la giornata pongono i battaglioni l'uno a' fianchi dell'altro; e, se li mettono dietro l'uno all'altro, non hanno modo che il primo, ritirandosi, possa essere ricevuto dal secondo; ma tengono, per potere sovvenire l'uno l'altro, quest'ordine: che mettono uno battaglione innanzi e un altro dietro a quello in su la man ritta, tale che, se il primo ha bisogno d'aiuto, quello si può fare innanzi e soccorrerlo. Il terzo battaglione mettono dietro a questi, ma discosto un tratto di scoppietto. Questo fanno perché, sendo quegli due ributtati, questo si possa fare innanzi, e abbiano spazio, e i ributtati e quel che si fa innanzi, a evitare l'urto l'uno dell'altro; perché una moltitudine grossa non può essere ricevuta come un corpo piccolo, e però i corpi piccoli e distinti che erano in una legione romana si potevano collocare in modo che si potessono tra loro ricevere e l'uno l'altro con facilità sovvenire. E che questo ordine de' Svizzeri non sia buono quanto lo antico romano, lo dimostrano molti esempli delle legioni romane quando si azzuffarono con le falangi greche; e sempre queste furono consumate da quelle, perché la generazione dell'armi, come io dissi dianzi, e questo modo di rifarsi, poté più che la solidità delle falangi. Avendo, adunque, con questi esempli a ordinare uno esercito, mi è parso ritenere l'armi e i modi, parte delle falangi greche, parte delle legioni romane; e però io ho detto di volere in uno battaglione dumila picche, che sono l'armi delle falangi macedoniche, e tremila scudi con la spada, che sono l'armi de' Romani. Ho diviso il battaglione in dieci battaglie, come i Romani; la legione in dieci coorti. Ho ordinato i veliti, cioè l'armi leggieri, per appiccare la zuffa come loro. E perché così, come l'armi sono mescolate e participano dell'una e dell'altra nazione, ne participino ancora gli ordini, ho ordinato che ogni battaglia abbia cinque file di picche in fronte e il restante di scudi, per potere, con la fronte, sostenere i cavagli e entrare facilmente nelle battaglie de' nimici a piè, avendo nel primo scontro le picche, come il nimico, le quali voglio mi bastino a sostenerlo, gli scudi, poi, a vincerlo. E se voi noterete la virtù di questo ordine, voi vedrete queste armi tutte fare interamente l'ufficio loro; perché le picche sono utili contro a' cavagli, e, quando vengono contro a' fanti, fanno bene l'ufficio loro prima che la zuffa si ristringa; perché, ristretta ch'ella è, diventano inutili. Donde che i Svizzeri, per fuggire questo inconveniente, pongono dopo ogni tre file di picche una fila d'alabarde; il che fanno per dare spazio alle picche, il quale non è tanto che basti. Ponendo adunque le nostre picche davanti e gli scudi di dietro, vengono a sostenere i cavagli e, nello appiccare la zuffa, aprono e molestano i fanti; ma poi che la zuffa è ristretta, e ch'elle diventerebbono inutili, succedono gli scudi e le spade; i quali possono in ogni strettura maneggiarsi.

LUIGI Noi aspettiamo ora con disiderio di intendere come voi ordineresti l'esercito a giornata con queste armi e con questi ordini.

FABRIZIO E io non voglio ora dimostrarvi altro che questo. Voi avete a intendere come in uno esercito romano ordinario, il quale chiamavano esercito consolare, non erano più che due legioni di cittadini romani, che erano secento cavagli e circa undicimila fanti. Avevano di poi altrettanti fanti e cavagli, che erano loro mandati dagli amici e confederati loro; i quali dividevano in due parti e chiamavano, l'una, corno destro e, l'altra, corno sinistro; né mai permettevano che questi fanti ausiliari passassero il numero de' fanti delle legioni loro; erano bene contenti che fusse più numero quello de' cavagli. Con questo esercito, che era di ventiduemila fanti e circa dumila cavagli utili, faceva uno consolo ogni fazione e andava a ogni impresa. Pure, quando bisognava opporsi a maggiori forze, raccozzavano due consoli con due eserciti. Dovete ancora notare come, per l'ordinario, in tuttatré l'azioni principali che fanno gli eserciti, cioè camminare, alloggiare e combattere, mettevano le legioni in mezzo; perché volevano che quella virtù in la quale più confidavano, fusse più unita, come nel ragionare di tuttatré queste azioni vi si mostrerà. Quegli fanti ausiliarii, per la pratica che avevano con i fanti legionari, erano utili quanto quelli; perché erano disciplinati come loro e però, nel simile modo, nello ordinare la giornata gli ordinavano. Chi adunque sa come i Romani disponevano una legione nell'esercito a giornata, sa come lo disponevano tutto. Però, avendovi io detto come essi dividevano una legione in tre schiere, e come l'una schiera riceveva l'altra, vi vengo ad avere detto come tutto lo esercito in una giornata si ordinava. Volendo io pertanto ordinare una giornata a similitudine de' Romani come quegli avevano due legioni, io prenderò due battaglioni, e, disposti questi, si intenderà la disposizione di tutto uno esercito; perché nello aggiungere più genti non si arà a fare altro che ingrossare gli ordini. Io non credo che bisogni che io vi ricordi quanti fanti abbia uno battaglione, e come egli ha dieci battaglie, e che capi sieno per battaglia, e quali armi abbiano, e quali sieno le picche e i veliti ordinarii e quali gli estraordinarii; perché poco fa ve lo dissi distintamente, e vi ricordai lo mandassi alla memoria come cosa necessaria a volere intendere tutti gli altri ordini; e però io verrò alla dimostrazione dell'ordine sanza replicare altro. E' mi pare che le dieci battaglie d'uno battaglione si pongano nel sinistro fianco e, le dieci altre dell'altro, nel destro. Ordininsi quelle del sinistro in questo modo: pongansi cinque battaglie l'una allato all'altra nella fronte, in modo che tra l'una e l'altra rimanga uno spazio di quattro braccia che vengano a occupare, per larghezza, centoquarantuno braccio di terreno e, per la lunghezza, quaranta. Dietro a queste cinque battaglie ne porrei tre altre, discosto per linea retta dalle prime quaranta braccia; due delle quali venissero dietro per linea retta alle estreme delle cinque, e l'altra tenesse lo spazio di mezzo. E così verrebbero queste tre ad occupare per larghezza e per lunghezza il medesimo spazio che le cinque; ma, dove le cinque hanno tra l'una e l'altra una distanza di quattro braccia, queste l'arebbero di trentatré. Dopo queste porrei le due ultime battaglie pure dietro alle tre, per linea retta e distanti, da quelle tre, quaranta braccia; e porrei ciascuna d'esse dietro alle estreme delle tre, tale che lo spazio che restasse tra l'una e l'altra sarebbe novantuno braccio. Terrebbero adunque tutte queste battaglie così ordinate, per larghezza, centoquarantuno braccio e, per lunghezza, dugento. Le picche estraordinarie distenderei lungo i fianchi di queste battaglie dal lato sinistro, discosto venti braccia da quelle, faccendone centoquarantatré file a sette per fila; in modo ch'elle fasciassono con la loro lunghezza tutto il lato sinistro delle dieci battaglie, nel modo da me detto, ordinate; e ne avanzerebbe quaranta file per guardare i carriaggi e i disarmati che rimanessono nella coda dello esercito, distribuendo i capidieci e i centurioni ne' luoghi loro; e degli tre connestaboli ne metterei uno nella testa, l'altro nel mezzo, il terzo nell'ultima fila, il quale facesse l'ufficio del tergiduttore; ché così chiamavano gli antichi quello che era proposto alle spalle dello esercito. Ma, ritornando alla testa dello esercito, dico come io collocherei appresso alle picche estraordinarie i veliti estraordinarii, che sapete che sono cinquecento, e darei loro uno spazio di quaranta braccia. A lato a questi, pure in su la man manca, metterei gli uomini d'arme, e vorrei avessero uno spazio di centocinquanta braccia. Dopo questi, i cavagli leggieri, a' quali darei il medesimo spazio che alle genti d'arme. I veliti ordinarii lascerei intorno alle loro battaglie, i quali stessono in quegli spazi che io pongo tra l'una battaglia e l'altra, che sarebbero come ministri di quelle, se già egli non mi paresse da metterli sotto le picche estraordinarie; il che farei, o no, secondo che più a proposito mi tornasse. Il capo generale di tutto il battaglione metterei in quello spazio che fusse tra 'l primo e il secondo ordine delle battaglie, ovvero nella testa e in quello spazio che è tra l'ultima battaglia delle prime cinque e le picche estraordinarie, secondo che più a proposito mi tornasse, con trenta o quaranta uomini intorno, scelti e che sapessono per prudenza esequire una commissione e per fortezza sostenere uno impeto; e fusse ancora esso in mezzo del suono e della bandiera. Questo è l'ordine col quale io disporrei uno battaglione nella parte sinistra, che sarebbe la disposizione della metà dell'esercito; e terrebbe, per larghezza, cinquecento undici braccia e, per lunghezza, quanto di sopra si dice, non computando lo spazio che terrebbe quella parte delle picche estraordinarie che facessono scudo a' disarmati, che sarebbe circa cento braccia. L'altro battaglione disporrei sopra 'l destro canto, in quel modo appunto che io ho disposto quello del sinistro, lasciando dall'uno battaglione all'altro uno spazio di trenta braccia, nella testa del quale spazio porrei qualche carretta di artiglieria, dietro alle quali stesse il capitano generale di tutto l'esercito e avesse intorno, con il suono e con la bandiera capitana, dugento uomini almeno, eletti, a piè la maggior parte, tra' quali ne fusse dieci, o più, atti a esequire ogni comandamento; e fusse in modo a cavallo e armato, che potesse essere e a cavallo e a piè, secondo che il bisogno ricercasse. L'artiglierie dell'esercito, bastano dieci cannoni per la espugnazione delle terre, che non passassero cinquanta libbre di portata; de' quali in campagna mi servirei più per la difesa degli alloggiamenti che per fare giornata; l'altra artiglieria tutta fusse piuttosto di dieci che di quindici libbre di portata. Questa porrei innanzi alla fronte di tutto l'esercito, se già il paese non stesse in modo che io la potessi collocare per fianco in luogo securo, dov'ella non potesse dal nimico essere urtata. Questa forma di esercito così ordinato può, nel combattere, tenere l'ordine delle falangi e l'ordine delle legioni romane; perché nella fronte sono picche, sono tutti i fanti ordinati nelle file, in modo che, appiccandosi col nimico e sostenendolo, possono ad uso delle falangi ristorare le prime file con quelli di dietro. Dall'altra parte, se sono urtati in modo che fieno necessitati rompere gli ordini e ritirarsi, possono entrare negli intervalli delle seconde battaglie che hanno dietro, e unirsi con quelle, e di nuovo, fatto uno mucchio, sostenere il nimico e combatterlo. E quando questo non basti, possono nel medesimo modo ritirarsi la seconda volta, e la terza combattere; sì che in questo ordine, quanto al combattere, ci è da rifarsi e secondo il modo greco e secondo il romano. Quanto alla fortezza dell'esercito, non si può ordinare più forte; perché l'uno e l'altro corno è munitissimo e di capi e di armi, né gli resta debole altro che la parte di dietro de' disarmati; e quella ha ancora fasciati i fianchi dalle picche estraordinarie. Né può il nimico da alcuna parte assaltarlo che non lo truovi ordinato; e la parte di dietro non può essere assaltata, perché non può essere nimico che abbia tante forze che equalmente ti possa assalire da ogni banda; perché, avendole, tu non ti hai a mettere in campagna seco. Ma quando fusse il terzo più di te e bene ordinato come te, se si indebolisce per assaltarti in più luoghi, una parte che tu ne rompa, tutto va male. Da' cavagli, quando fussono più che i tuoi, sei sicurissimo; perché gli ordini delle picche che ti fasciano, ti difendano da ogni impeto di quegli, quando bene i tuoi cavagli fussero ributtati. I capi, oltre a questo, sono disposti in lato che facilmente possono comandare e ubbidire. Gli spazi che sono tra l'una battaglia e l'altra e tra l'uno ordine e l'altro, non solamente servono a potere ricevere l'uno l'altro, ma ancora a dare luogo a' mandati che andassono e venissono per ordine del capitano. E com'io vi dissi prima, i Romani avevano per esercito circa ventiquattromila uomini, così debbe essere questo; e come il modo del combattere e la forma dell'esercito gli altri soldati lo prendevano dalle legioni, così quelli soldati che voi aggiugnessi agli due battaglioni vostri arebbero a prendere la forma e ordine da quelli. Delle quali cose avendone posto uno esempio, è facil cosa imitarlo; perché, accrescendo o due altri battaglioni all'esercito, o tanti soldati degli altri quanti sono quegli, egli non si ha a fare altro che duplicare gli ordini e, dove si pose dieci battaglie nella sinistra parte, porvene venti, o ingrossando o distendendo gli ordini secondo che il luogo o il nimico ti comandasse.

LUIGI Veramente, signore, io mi immagino in modo questo esercito, che già lo veggo, e ardo d'uno disiderio di vederlo affrontare. E non vorrei, per cosa del mondo, che voi diventassi Fabio Massimo, faccendo pensiero di tenere a bada il nimico e differire la giornata, perché io direi peggio di voi che il popolo romano non diceva di quello.

FABRIZIO Non dubitate. Non sentite voi l'artiglierie? Le nostre hanno già tratto, ma poco offeso il nimico; e i veliti estraordinarii escono de' luoghi loro insieme con la cavalleria leggiere, e più sparsi e con maggiore furia e maggior grida che possono, assaltano il nimico; l'artiglieria del quale ha scarico una volta e ha passato sopra la testa de' nostri fanti senza fare loro offensione alcuna. E perch'ella non possa trarre la seconda volta, vedete i veliti e i cavagli nostri che l'hanno già occupata, e che i nimici, per difenderla, si sono fatti innanzi; tal che quella degli amici e nimici non può più fare l'ufficio suo. Vedete con quanta virtù combattono i nostri, e con quanta disciplina, per lo esercizio che ne ha fatto loro fare abito e per la confidenza ch'egli hanno nell'esercito; il quale vedete che, col suo passo e con le genti d'arme allato, cammina ordinato per appiccarsi con l'avversario. Vedete l'artiglierie nostre che, per dargli luogo e lasciargli lo spazio libero, si sono ritirate per quello spazio donde erano usciti i veliti. Vedete il capitano che gli inanimisce e mostra loro la vittoria certa. Vedete che i veliti ed i cavagli leggieri si sono allargati e ritornati ne' fianchi dell'esercito, per vedere se possono per fianco fare alcuna ingiuria alli avversarii. Ecco che si sono affrontati gli eserciti. Guardate con quanta virtù egli hanno sostenuto lo impeto de nimici, e con quanto silenzio, e come il capitano comanda agli uomini d'arme che sostengano e non urtino e dall'ordine delle fanterie non si spicchino. Vedete come i nostri cavagli leggieri sono iti a urtare una banda di scoppiettieri nimici che volevano ferire per fianco, e come i cavagli nimici gli hanno soccorsi: tal che, rinvolti tra l'una e l'altra cavalleria, non possono trarre e ritiransi dietro alle loro battaglie. Vedete con che furia le picche nostre si affrontano, e come i fanti sono già sì propinqui l'uno all'altro, che le picche non si possono più maneggiare; di modo che, secondo la disciplina imparata da noi, le nostre picche si ritirano a poco a poco tra gli scudi. Guardate come, in questo tanto, una grossa banda d'uomini d'arme, nimici, hanno spinti gli uomini d'arme nostri dalla parte sinistra, e come i nostri, secondo la disciplina, si sono ritirati sotto le picche estraordinarie, e, con lo aiuto di quelle avendo rifatto testa, hanno ributtati gli avversari e morti buona parte di loro. Intanto tutte le picche ordinarie delle prime battaglie si sono nascose tra gli ordini degli scudi, e lasciata la zuffa agli scudati; i quali guardate con quanta virtù, sicurtà e ozio ammazzano il nimico. Non vedete voi quanto, combattendo, gli ordini sono ristretti, che a fatica possono menare le spade? Guardate con quanta furia i nimici muoiono. Perché, armati con la picca e con la loro spada, inutile l'una per essere troppo lunga, l'altra per trovare il nimico troppo armato, in parte cascano feriti o morti, in parte fuggono. Vedetegli fuggire dal destro canto; fuggono ancora dal sinistro, ecco che la vittoria è nostra. Non abbiamo noi vinto una giornata felicissimamente? Ma con maggiore felicità si vincerebbe, se mi fusse concesso il metterla in atto. E vedete che non è bisognato valersi né del secondo né del terzo ordine; che gli è bastata la nostra prima fronte a superargli. In questa parte io non ho che dirvi altro, se non risolvere se alcuna dubitazione vi nasce.

LUIGI Voi avete con tanta furia vinta questa giornata, che io ne resto tutto ammirato e in tanto stupefatto, che io non credo potere bene esplicare se alcuno dubbio mi resta nell'animo. Pure, confidandomi nella vostra prudenza, piglierò animo a dire quello che io intendo. Ditemi prima: perché non facesti voi trarre le vostre artiglierie più che una volta? E perché subito le facesti ritirare dentro all'esercito, né poi ne facesti menzione? Parvemi ancora che voi ponessi l'artiglierie del nimico alte e ordinassile a vostro modo; il che può molto bene essere. Pure, quando egli occorresse, che credo ch'egli occorrà spesso, che percuotano le schiere, che rimedio ne date? E poiché io mi sono cominciato dalle artiglierie, io voglio fornire tutta questa domanda, per non ne avere a ragionare più. Io ho sentito a molti spregiare l'armi e gli ordini degli eserciti antichi, arguendo come oggi potrebbono poco, anzi tutti quanti sarebbero inutili, rispetto al furore delle artiglierie; perché queste rompono gli ordini e passono l'armi in modo, che pare loro pazzia fare uno ordine che non si possa tenere, e durare fatica a portare una arme che non ti possa difendere.

FABRIZIO Questa domanda vostra ha bisogno, perch'ella ha assai capi, d'una lunga risposta. Egli è vero che io non feci tirare l'artiglieria più che una volta, e ancora di quella una stetti in dubbio. La cagione è, perché egli importa più a uno guardare di non essere percosso, che non importa percuotere il nimico. Voi avete a intendere che, a volere che una artiglieria non ti offenda, è necessario o stare dov'ella non ti aggiunga, o mettersi dietro a uno muro o dietro a uno argine. Altra cosa non è che la ritenga, ma bisogna ancora che l'uno e l'altro sia fortissimo. Quegli capitani che si riducono a fare giornata, non possono stare dietro a' muri o agli argini, né dove essi non sieno aggiunti. Conviene adunque loro, poiché non possono trovare uno modo che gli difenda, trovarne uno per il quale essi sieno meno offesi; né possono trovare altro modo che preoccuparla subito. Il modo del preoccuparla è andare a trovarla tosto e rotto, non adagio e in mucchio; perché, con la prestezza, non se le lascia raddoppiare il colpo e, per la radità, può meno numero d'uomini offendere. Questo non può fare una banda di gente ordinata, perché, s'ella cammina ratta, ella si disordina; s'ella va sparsa, non dà quella fatica al nimico di romperla, perché si rompe per sé stessa. E però io ordinai l'esercito in modo che potesse fare l'una cosa e l'altra; perché, avendo messo nelle sue corna mille veliti, ordinai che, dopo che le nostre artiglierie avessono tratto, uscissero insieme con la cavalleria leggiere a occupare l'artiglierie nimiche. E però non feci ritrarre l'artiglieria mia, per non dare tempo alla nimica; perché e' non si poteva dare spazio a me e torlo ad altri. E per quella cagione che io non la feci trarre la seconda volta, fu per non lasciare trarre la prima, acciò che, anche la prima volta, la nimica non potesse trarre. Perché, a volere che l'artiglieria nimica sia inutile, non è altro rimedio che assaltarla; perché, se i nimici l'abbandonano, tu la occupi; se la vogliono difendere, bisogna se la lascino dietro; in modo che, occupata da' nimici e dagli amici, non può trarre. Io crederrei che sanza esempli queste ragioni vi bastassero; pure, potendone dare degli antichi, lo voglio fare. Ventidio venendo a giornata con li Parti, la virtù de' quali in maggior parte consisteva negli archi e nelle saette, gli lasciò quasi venire sotto i suoi alloggiamenti, avanti che traesse fuora l'esercito; il che solamente fece per poterli tosto occupare e non dare loro spazio a trarre. Cesare in Francia referisce che, nel fare una giornata con gli nimici, fu con tanta furia assaltato da loro, che i suoi non ebbero tempo a trarre i dardi secondo la consuetudine romana. Pertanto si vede che, a volere che una cosa che tira discosto, sendo alla campagna, non ti offenda, non ci è altro rimedio che, con quanta più celerità si può, occuparla. Un'altra cagione ancora mi moveva a fare sanza trarre l'artiglieria, della quale forse voi vi riderete; pure io non giudico ch'ella sia da spregiarla. E' non è cosa che facci maggiore confusione in uno esercito che impedirgli la vista; onde che molti gagliardissimi eserciti sono stati rotti, per essere loro stato impedito il vedere o dalla polvere o dal sole. Non è ancora cosa che più impedisca la vista che 'l fumo che fa l'artiglieria nel trarla; però io crederrei che fusse più prudenza lasciare accecarsi il nimico da se stesso, che volere tu, cieco, andarlo a trovare. Però o io non la trarrei, o (perché questo non sarebbe approvato, rispetto alla riputazione che ha l'artiglieria) io la metterei in su' corni dell'esercito, acciò che, traendola, con il fumo ella non accecasse la fronte di quello; che è la 'mportanza delle mie genti. E che lo impedire la vista al nimico sia cosa utile, se ne può addurre per esempio Epaminonda; il quale, per accecare l'esercito nimico che veniva a fare seco giornata, fece correre i suoi cavagli leggieri innanzi alla fronte de' nimici, perché levassono alta la polvere e gli impedissono la vista; il che gli dette vinta la giornata. Quanto al parervi che io abbia guidati i colpi delle artiglierie a mio modo, faccendogli passare sopra la testa de' fanti, vi rispondo che sono molte più le volte, e sanza comparazione, che l'artiglierie grosse non percuotono le fanterie, che quelle ch'elle percuotono; perché la fanteria è tanto bassa e quelle sono sì difficili a trattare, che, ogni poco che tu l'alzi, elle passano sopra la testa de' fanti; e se l'abbassi, danno in terra, e il colpo non perviene a quegli. Salvagli ancora la inequalità del terreno, perché ogni poco di macchia o di rialto che sia tra' fanti e quelle, le impedisce. E quanto a' cavagli, e massime quegli degli uomini d'arme, perché hanno a stare più stretti che i leggieri, e per essere più alti possono essere meglio percossi, si può, infino che l'artiglierie abbiano tratto, tenergli nella coda dello esercito. Vero è che assai più nuocono gli scoppietti e l'artiglierie minute, che quelle; alle quali è il maggiore rimedio venire alle mani tosto; e se nel primo assalto ne muore alcuno, sempre ne morì; e uno buono capitano e uno buono esercito non ha a temere uno danno che sia particolare, ma uno generale; ed imitare i Svizzeri, i quali non schifarono mai giornata sbigottiti dalle artiglierie; anzi puniscono di pena capitale quegli che per paura di quelle o si uscissero della fila o facessero con la persona alcuno segno di timore. Io le feci, tratto ch'elle ebbero, ritirare nell'esercito, perch'elle lasciassero il passo libero alle battaglie. Non ne feci più menzione, come di cosa inutile, appiccata che è la zuffa. Voi avete ancora detto che, rispetto alla furia di questo instrumento, molti giudicano l'armi e gli ordini antichi essere inutili; e pare, per questo vostro parlare, che i moderni abbiano trovati ordini e armi che contro all'artiglieria sieno utili. Se voi sapete questo, io arò caro che voi me lo insegniate, perché infino a qui non ce ne so io vedere alcuno, né credo se ne possa trovare. In modo che io vorrei intendere da cotestoro, per quali cagioni i soldati a piè de' nostri tempi portano il petto o il corsaletto di ferro e quegli a cavallo vanno tutti coperti d'arme; perché, poi che dannano l'armare antico come inutile rispetto alle artiglierie, doverrebbero fuggire ancora queste. Vorrei intendere anche per che cagione i Svizzeri, a similitudine degli antichi ordini, fanno una battaglia stretta di sei o ottomila fanti, e per quale cagione tutti gli hanno imitati, portando questo ordine quel medesimo pericolo, per conto dell'artiglierie, che si porterebbono quegli altri che dell'antichità si imitassero. Credo che non saprebbero che si rispondere; ma se voi ne dimandassi i soldati che avessero qualche giudicio, risponderebbero, prima, che vanno armati, perché, sebbene quelle armi non gli difendono dalle artiglierie, gli difendono dalle balestre, dalle picche, dalle spade, da' sassi e da ogni altra offesa che viene da' nimici. Risponderebbero ancora che vanno stretti insieme come i Svizzeri, per potere più facilmente urtare i fanti, per potere sostenere meglio i cavagli e per dare più difficultà al nimico a rompergli. In modo che si vede che i soldati hanno a temere molte altre cose oltre alle artiglierie, dalle quali cose con l'armi e con gli ordini si difendono. Di che ne seguita che, quanto meglio armato è uno esercito e quanto ha gli ordini suoi più serrati e più forti, tanto è più sicuro. Tale che, chi è di quella opinione che voi dite, conviene o che sia di poca prudenza, o che a queste cose abbia pensato molto poco; perché, se noi veggiamo che una minima parte del modo dello armare antico che si usa oggi, che è la picca, è una minima parte di quegli ordini, che sono i battaglioni de' Svizzeri, ci fanno tanto bene e porgono agli eserciti nostri tanta fortezza, perché non abbiamo noi a credere che l'altre armi e gli altri ordini che si sono lasciati, sieno utili? Di poi, se noi non abbiamo riguardo all'artiglieria nel metterci stretti insieme come i Svizzeri, quali altri ordini ci possono fare più temere di quella? Con ciò sia cosa che niuno ordine può fare che noi temiamo tanto quella, quanto quegli che stringono gli uomini insieme. Oltre a questo, se non mi sbigottisce l'artiglieria de' nimici nel pormi col campo a una terra dov'ella mi offende con più sua sicurtà (non la potendo io occupare per essere difesa dalle mura, ma solo col tempo con la mia artiglieria impedire di modo ch'ella può raddoppiare i colpi a suo modo), perché la ho io a temere in campagna dove io la posso tosto occupare? Tanto che io vi conchiudo questo: che l'artiglierie, secondo l'opinione mia, non impediscono che non si possano usare gli antichi modi e mostrare l'antica virtù. E se io non avessi parlato altra volta con voi di questo instrumento, mi vi distenderei più; ma io mi voglio rimettere a quello che allora ne dissi.

LUIGI Noi possiamo avere inteso benissimo quanto voi ne avete circa l'artiglierie discorso; e, in somma, mi pare abbiate mostro che lo occuparle prestamente sia il maggiore rimedio si abbia con quelle, sendo in campagna e avendo uno esercito allo incontro. Sopra che mi nasce una dubitazione: perché mi pare che il nimico potrebbe collocarle in lato, nel suo esercito, ch'elle vi offenderebbero, e sarebbono in modo guardate da' fanti, ch'elle non si potrebbero occupare. Voi avete, se bene mi ricordo, nello ordinare lo esercito vostro a giornata, fatto intervalli di quattro braccia dall'una battaglia all'altra; fatto di venti quegli che sono dalle battaglie alle picche estraordinarie. Se il nimico ordinasse l'esercito a similitudine del vostro, e mettesse l'artiglierie bene dentro in quegli intervalli, io credo che di quivi elle vi offenderebbero con grandissima sicurtà loro, perché non si potrebbe entrare nelle forze de' nimici a occuparle.

FABRIZIO Voi dubitate prudentissimamente, e io mi ingegnerò o di risolvervi il dubbio o di porvi il rimedio. Io vi ho detto che continuamente queste battaglie, o per lo andare o per il combattere, sono in moto e sempre, per natura, si vengono a ristringere; in modo che, se voi fate gli intervalli di poca larghezza dove voi mettete l'artiglierie, in poco tempo son ristretti in modo che l'artiglieria non potrà più fare l'ufficio suo; se voi gli fate larghi per fuggire questo pericolo, voi incorrerete in uno maggiore; che voi per quegli intervalli non solamente date commodità al nimico di occuparvi l'artiglieria, ma di rompervi. Ma voi avete a sapere ch'egli è impossibile tenere l'artiglierie tra le schiere, massime quelle che vanno in su le carrette, perché l'artiglierie camminano per uno verso e traggono per l'altro; di modo che, avendo a camminare e trarre, è necessario, innanzi al trarre, si voltino e, per voltarsi, vogliono tanto spazio che cinquanta carri d'artiglieria disordinerebbono ogni esercito. Però è necessario tenerle fuora delle schiere, dov'elle possono essere combattute nel modo che poco fa dimostrammo. Ma poniamo ch'elle vi si potessono tenere e che si potesse trovare una via di mezzo, e di qualità che, ristringendosi, non impedisse l'artiglieria e non fusse sì aperta ch'ella desse la via al nimico; dico che ci si rimedia facilmente col fare all'incontro intervalli nell'esercito tuo che dieno la via libera a' colpi di quella; e così verrà la furia sua ad essere vana. Il che si può fare facilissimamente, perché, volendo il nimico che l'artiglieria sua stia sicura, conviene ch'egli la ponga dietro nell'ultima parte degli intervalli; in modo che i colpi di quella, a volere che non offendano i suoi proprii, conviene passino per una linea retta e per quella medesima, sempre; e però col dare loro luogo, facilmente si possono fuggire; perché questa è una regola generale: che a quelle cose le quali non si possono sostenere, si ha a dare la via, come facevano gli antichi a' liofanti e a' carri falcati. Io credo, anzi sono più che certo, che vi pare che io abbia acconcia e vinta una giornata a mio modo; nondimeno io vi replico questo, quando non basti quanto ho detto infino a qui: che sarebbe impossibile che uno esercito, così ordinato e armato, non superasse nel primo scontro ogni altro esercito che si ordinasse come si ordinano gli eserciti moderni. I quali il più delle volte non fanno se non una fronte, non hanno scudi e sono di qualità disarmati, che non possono difendersi dal nimico propinquo; ed ordinansi in modo che, se mettono le loro battaglie per fianco l'una all'altra, fanno l'esercito sottile; se le mettono dietro l'una all'altra, non avendo modo a ricevere l'una l'altra, lo fanno confuso e atto ad essere facilmente perturbato. E benché essi pongano tre nomi agli loro eserciti e li dividano in tre schiere, antiguardo, battaglia e retroguardo, nondimeno non se ne servono ad altro che a camminare e a distinguere gli alloggiamenti; ma nelle giornate tutti gli obligano a uno primo impeto e a una prima fortuna.

LUIGI Io ho notato ancora, nel fare la vostra giornata, come la vostra cavalleria fu ributtata da' cavagli nimici, donde ch'ella si ritirò dalle picche estraordinarie; donde nacque che, con l'aiuto di quelle, sostenne e ripinse i nimici indietro. Io credo che le picche possano sostenere i cavagli, come voi dite, ma in uno battaglione grosso e sodo, come fanno i Svizzeri; ma voi nel vostro esercito avete per testa cinque ordini di picche e, per fianco, sette, in modo che io non so come si possano sostenergli.

FABRIZIO Ancora che io v'abbia detto come sei file si adoperavano nelle falangi di Macedonia ad un tratto, nondimeno voi avete a intendere che uno battaglione de' Svizzeri, se fusse composto di mille file, non ne può adoperare se non quattro o, al più, cinque; perché le picche sono lunghe nove braccia; uno braccio e mezzo è occupato dalle mani; donde alla prima fila resta libero sette braccia e mezzo di picca. La seconda fila, oltre a quello ch'ella occupa con mano, ne consuma uno braccio e mezzo nello spazio che resta tra l'una fila e l'altra; di modo che non resta di picca utile se non sei braccia. Alla terza fila, per queste medesime ragioni, ne resta quattro e mezzo; alla quarta tre, alla quinta uno braccio e mezzo. L'altre file, per ferire, sono inutili, ma servono a instaurare queste prime file, come avemo detto, e a fare come uno barbacane a quelle cinque. Se adunque cinque delle loro file possono reggere i cavagli, perché non gli possono reggere cinque delle nostre, alle quali ancora non manca file dietro che le sostengano e facciano loro quel medesimo appoggio, benché non abbiano picche come quelle? E quando le file delle picche estraordinarie che sono poste ne' fianchi, vi paressono sottili, si potrebbe ridurle in uno quadro e porle per fianco alle due battaglie che io pongo nell'ultima schiera dell'esercito; dal quale luogo potrebbono facilmente tutte insieme favorire la fronte e le spalle dello esercito e prestare aiuto a' cavagli, secondo che il bisogno lo ricercasse.

LUIGI Useresti voi sempre questa forma di ordine, quando voi volessi fare giornata?

FABRIZIO No, in alcun modo: perché voi avete a variare la forma dell'esercito secondo la qualità del sito e la qualità e quantità del nimico; come se ne mostrerà, avanti che si fornisca questo ragionamento, qualche esempio. Ma questa forma vi si è data, non tanto come più gagliarda che l'altre, che è in vero gagliardissima, quanto perché da quella prendiate una regola e uno ordine a sapere conoscere i modi d'ordinare l'altre; perché ogni scienza ha le sue generalità, sopra le quali in buona parte si fonda. Una cosa solo vi ricordo: che mai voi non ordiniate esercito in modo che, chi combatte dinanzi, non possa essere sovvenuto da quegli che sono posti di dietro; perché, chi fa questo errore, rende la maggior parte del suo esercito inutile, e, se riscontra alcuna virtù, non può vincere.

LUIGI E' mi è nato sopra questa parte uno dubbio. Io ho visto che nella disposizione delle battaglie voi fate la fronte di cinque per lato, il mezzo di tre e l'ultime parti di due; ed io crederrei che fusse meglio ordinarle al contrario, perché io penso che uno esercito si potesse con più difficultà rompere, quando chi l'urtasse, quanto più penetrasse in quello, tanto più lo trovasse duro, e l'ordine fatto da voi mi pare che faccia che, quanto più s'entri in quello, tanto più si truovi debole.

FABRIZIO Se voi vi ricordassi come a' triarii, i quali erano il terzo ordine delle legioni romane, non erano assegnati più che secento uomini, voi dubiteresti meno, avendo inteso come quegli erano posti nell'ultima schiera; perché voi vedresti come io, mosso da questo esempio, ho posto nella ultima schiera due battaglie, che sono novecento fanti; in modo che io vengo piuttosto, andando con l'ordine romano, a errare per averne tolti troppi che pochi. E benché questo esempio bastasse, io ve ne voglio dire la ragione. La quale è questa: la prima fronte dello esercito si fa solida e spessa, perch'ella ha a sostenere l'impeto de' nimici e non ha a ricevere in sé alcuno degli amici, e per questo conviene ch'ell'abbondi di uomini, perché i pochi uomini la farebbero debole o per radità o per numero. Ma la seconda schiera, perché ha prima a ricevere gli amici che a sostenere il nimico, conviene che abbia gli intervalli grandi; e per questo conviene che sia di minore numero che la prima, perché, s'ella fusse di numero maggiore o equale, converrebbe o non vi lasciare gli intervalli, il che sarebbe disordine, o lasciandovegli, passare il termine di quelle dinanzi; il che farebbe la forma dello esercito imperfetta. E non è vero quel che voi dite: che 'l nimico, quanto più entra dentro al battaglione, tanto più lo truovi debole; perché il nimico non può combattere mai col secondo ordine se 'l primo non è congiunto con quello; in modo che viene a trovare il mezzo del battaglione più gagliardo e non più debole, avendo a combattere col primo e col secondo ordine insieme. Quel medesimo interviene quando il nimico pervenisse alla schiera terza, perché quivi, non con due battaglie che vi truova fresche, ma con tutto il battaglione arebbe a combattere. E perché questa ultima parte ha a ricevere più uomini, conviene che gli spazi sieno maggiori e, chi li riceve, sia minore numero.

LUIGI E' mi piace quello che voi avete detto; ma rispondetemi ancora a questo: se le cinque prime battaglie si ritirano tra le tre seconde e, di poi, le otto tra le due terze, non pare possibile che, ridotte le otto insieme e di poi le dieci insieme, cappiano, o quando sono otto o quando sono dieci, in quel medesimo spazio che capevano le cinque.

FABRIZIO La prima cosa che io vi rispondo, è ch'egli non è quel medesimo spazio; perché le cinque hanno quattro spazi in mezzo, che ritirandosi tra le tre o tra le due, gli occupano: restavi poi quello spazio che è tra uno battaglione e l'altro e quello che è tra le battaglie e le picche estraordinarie; i quali spazi tutti fanno larghezza. Aggiugnesi a questo, che altro spazio tengono le battaglie quando sono negli ordini sanza essere alterate, che quando le sono alterate; perché, nell'alterazione, o elle stringono o elle allargano gli ordini. Allargangli, quando temono tanto ch'elle si mettono in fuga; stringongli, quando temono in modo ch'elle cercono assicurarsi non con la fuga, ma con la difesa, tale che in questo caso elle verrebbero a ristringersi e non a rallargarsi. Aggiugnesi a questo, che le cinque file delle picche che sono davanti, appiccata ch'elle hanno la zuffa, si hanno tra le loro battaglie a ritirare nella coda dell'esercito, per dare luogo agli scudati che possano combattere, e quelle, andando nella coda dell'esercito, possono servire a quello che il capitano giudicasse fusse bene operarle; dove dinanzi, mescolata che è la zuffa, sarebbono al tutto inutili. E per questo gli spazi ordinati vengono ad essere del rimanente delle genti capacissimi. Pure, quando questi spazi non bastassero, i fianchi dal lato sono uomini e non mura, i quali, cedendo e rallargandosi, possono fare lo spazio di tanta capacità che sia sufficiente a ricevergli.

LUIGI Le file delle picche estraordinarie che voi ponete nell'esercito per fianco, quando le battaglie prime si ritirano nelle seconde, volete voi ch'elle stieno salde e rimangano come due corna allo esercito, o volete che ancora loro insieme con le battaglie si ritirino? Il che, quando abbiano a fare, non veggo come si possano, per non avere dietro battaglie con intervalli radi che le ricevano.

FABRIZIO Se il nimico non le combatte quando egli sforza le battaglie a ritirarsi, possono star salde nell'ordine loro e ferire il nimico per fianco, poi che le battaglie prime si fussero ritirate; ma se combattesse ancora loro, come pare ragionevole, sendo sì possente che possa sforzare l'altre, si deono ancora esse ritirare. Il che possono fare ottimamente, ancora ch'elle non abbiano dietro chi le riceva; perché dal mezzo innanzi si possono raddoppiare per dritto, entrando l'una fila nell'altra, nel modo che ragionammo quando si parlò dell'ordine del raddoppiarsi. Vero è che a volere, raddoppiando, ritirarsi indietro, conviene tenere altro modo che quello che io vi mostrai; perché io vi dissi che la seconda fila aveva a entrare nella prima, la quarta nella terza, e così di mano in mano; in questo caso non s'arebbe a cominciare davanti, ma di dietro, acciò che, raddoppiandosi le file, si venissero a ritirare indietro, non a gire innanzi. Ma per rispondere a tutto quello che da voi, sopra questa giornata da me dimostrata, si potesse replicare, io di nuovo vi dico che io vi ho ordinato questo esercito e dimostro questa giornata per due cagioni: l'una, per mostrarvi come si ordina, l'altra, per mostrarvi come si esercita. Dell'ordine io credo che voi restiate capacissimi; e quanto allo esercizio, vi dico che si dee, più volte che si può, mettergli insieme in queste forme, perché i capi imparino a tenere le loro battaglie in questi ordini. Perché a' soldati particolari s'appartiene tenere bene gli ordini di ciascuna battaglia, a' capi delle battaglie s'appartiene tenere bene quelle in ciascuno ordine di esercito e che sappiano ubbidire al comandamento del capitano generale. Conviene pertanto che sappiano congiugnere l'una battaglia con l'altra, sappiano pigliare il luogo loro in un tratto; e perciò conviene che la bandiera di ciascuna battaglia abbia descritto, in parte evidente, il numero suo, sì per poterle comandare, sì perché il capitano e i soldati a quel numero più facilmente le riconoscano. Deono ancora i battaglioni essere numerati e avere il numero nella loro bandiera principale. Conviene, adunque, sapere di qual numero sia il battaglione posto nel sinistro o nel destro corno, di quale numero sieno le battaglie poste nella fronte e nel mezzo, e così l'altre di mano in mano. Vuolsi ancora che questi numeri sieno scala a' gradi degli onori degli eserciti; verbigrazia: il primo grado sia il capodieci, il secondo il capo de' cinquanta veliti ordinarii, il terzo il centurione, il quarto il capo della prima battaglia, il quinto della seconda, il sesto della terza; e, di mano in mano, infino alla decima battaglia, il quale fusse onorato in secondo luogo dopo al capo generale d'uno battaglione, né potesse venire a quel capo alcuno se non vi fusse salito per tutti questi gradi. E perché, fuora di questi capi, ci sono gli tre connestaboli delle picche estraordinarie e gli due dei veliti estraordinarii vorrei che fussono in quel grado del connestabole della prima battaglia; né mi curerei che fussero sei uomini di pari grado, acciò che ciascuno di loro facesse a gara per essere promosso alla seconda battaglia. Sappiendo adunque ciascheduno di questi capi in quale luogo avesse a essere collocata la sua battaglia, di necessità ne seguirebbe che, ad un suono di tromba, ritta che fusse la bandiera capitana, tutto l'esercito sarebbe a' luoghi suoi. E questo è il primo esercizio a che si debbe assuefare uno esercito, cioè a mettersi prestamente insieme; e per fare questo conviene ogni giorno, e in uno giorno più volte, ordinarlo e disordinarlo.

LUIGI Che segno vorresti voi che avessono le bandiere di tutto l'esercito, oltre al numero?

FABRIZIO Quella del capitano generale avesse il segno del principe dell'esercito, l'altre tutte potrebbero avere il medesimo segno e variare con i campi, o variare con i segni, come paresse meglio al signore dell'esercito; perché questo importa poco, pure che ne nasca l'effetto ch'elle si conoscano l'una dall'altra. Ma passiamo all'altro esercizio in che si debba esercitare uno esercito, il quale è farlo muovere e con il passo conveniente andare, e vedere che, andando, mantenga gli ordini. Il terzo esercizio è ch'egli impari a maneggiarsi in quel modo che si ha di poi a maneggiare nella giornata; far trarre l'artiglierie e ritirarle; fare uscire fuora i veliti estraordinarii; e dopo uno sembiante di assalto, ritirargli; fare che le prime battaglie, come s'elle fussono spinte, si ritirino nella radità delle seconde, e di poi tutte nelle terze, e di quivi ciascuna ritorni al suo luogo; e in modo assuefargli in questo esercizio, che a ciascuno ogni cosa fosse nota e familiare; il che con la pratica e con la familiarità si conduce prestissimamente. Il quarto esercizio è ch'egli imparino a conoscere, per virtù del suono e delle bandiere, il comandamento del loro capitano; perché quello che sarà loro pronunziato in voce, essi sanza altro comandamento lo intenderanno. E, perché l'importanza di questo comandamento dee nascere dal suono, io vi dirò quali suoni usavano gli antichi. Da' Lacedemonii, secondo che afferma Tucidide, ne' loro eserciti erano usati zufoli; perché giudicavano che questa armonia fusse più atta a fare procedere il loro esercito con gravità e non con furia. Da questa medesima ragione mossi, i Cartaginesi, nel primo assalto, usavano la citera. Aliatte, re de' Lidii, usava nella guerra la citera e i zufoli; ma Alessandro Magno e i Romani usavano i corni e le trombe, come quelli che pensavano per virtù di tali istrumenti, potere più accendere gli animi de' soldati e farli combattere più gagliardamente. Ma come noi abbiamo, nello armare lo esercito preso del modo greco e del romano, così nel distribuire i suoni servereno i costumi dell'una e dell'altra nazione. Però farei presso al capitano generale stare i trombetti, come suono non solamente atto a infiammare l'esercito, ma atto a sentirsi in ogni romore più che alcuno altro suono. Tutti gli altri suoni che fussero intorno a' connestaboli e a' capi de' battaglioni, vorrei che fussono tamburi piccoli e zufoli sonati, non come si suonano ora, ma come è consuetudine sonargli ne' conviti. Il capitano, adunque, con le trombe mostrasse quando si avesse a fermare o ire innanzi o tornare indietro, quando avessono a trarre l'artiglierie, quando muovere gli veliti estraordinarii, e, con la variazione di tali suoni, mostrare all'esercito tutti quegli moti che generalmente si possono mostrare; le quali trombe fussero di poi seguitate da' tamburi. E in questo esercizio, perch'egli importa assai, converrebbe assai esercitare il suo esercito. Quanto alla cavalleria, si vorrebbe usare medesimamente trombe, ma di minore suono e di diversa voce da quelle del capitano. Questo è quanto mi è occorso circa l'ordine dell'esercito e dell'esercizio di quello.

LUIGI Io vi priego che non vi sia grave dichiararmi un'altra cosa: per che cagione voi facesti muovere con grida e romore e furia i cavagli leggieri e i veliti estraordinarii, quando assaltarono, e di poi, nello appiccare il resto dello esercito, mostrasti che la cosa seguiva con uno silenzio grandissimo? E perché io non intendo la cagione di questa varietà, disidererei me la dichiarassi.

FABRIZIO E' sono state varie l'opinioni de' capitani antichi circa al venire alle mani: se si dee o con romore accelerare il passo o con silenzio andare adagio. Questo ultimo modo serve a tenere l'ordine più fermo e a intendere meglio i comandamenti del capitano. Quel primo serve ad accendere più gli animi degli uomini. E perché io credo che si dee avere rispetto all'una e all'altra di queste due cose, io feci muovere quegli con romore e quegli altri con silenzio. Né mi pare in alcun modo che i romori continui sieno a proposito, perch'egli impediscono i comandamenti; il che è cosa perniciosissima. Né è ragionevole che i Romani, fuora del primo assalto, seguissero di romoreggiare, perché si vede, nelle loro istorie, essere molte volte intervenuto, per le parole e conforti del capitano, i soldati che fuggivano essersi fermi e in varii modi per suo comandamenti avere variati gli ordini; il che non sarebbe seguito, se i romori avessero la sua voce superato.

LIBRO QUARTO

LUIGI Poiché sotto l'imperio mio si è vinto una giornata sì onorevolmente, io penso che sia bene che io non tenti più la fortuna, sappiendo quanto quella è varia e instabile. E però io desidero deporre la dittatura e che Zanobi faccia ora questo ufficio del domandare, volendo seguire l'ordine che tocchi al più giovane. E io so che non ricuserà questo onore o, vogliamo dire, questa fatica, sì per compiacermi, sì ancora per essere naturalmente più animoso di me; né gli recherà paura avere a entrare in questi travagli, dove egli potesse così essere vinto, come vincere.

ZANOBI Io sono per stare dove voi mi metterete, ancora che io stessi più volentieri ad ascoltare; perché, infino a qui, mi sono più sodisfatte le domande vostre che non mi sarieno piaciute quelle che a me, nello ascoltare i vostri ragionamenti, occorrevano. Ma io credo che sia bene, signore, che voi avanziate tempo e abbiate pazienza, se con queste nostre cerimonie vi infastidissimo.

FABRIZIO Anzi mi date piacere, perché questa variazione de' domandatori mi fa conoscere i varii ingegni e i varii appetiti vostri. Ma restavi cosa alcuna che vi paia da aggiugnere alla materia ragionata?

ZANOBI Due cose disidero, avanti che si passi ad un'altra parte: l'una, è che voi ne mostriate se altra forma di ordinare eserciti vi occorre; l'altra, quali rispetti debbe avere uno capitano prima che si conduca alla zuffa, e, nascendo alcuno accidente in essa, quali rimedii vi si possa fare.

FABRIZIO Io mi sforzerò sodisfarvi. Non risponderò già distintamente alle domande vostre, perché, mentre che io risponderò a una, molte volte si verrà a rispondere all'altra. Io vi ho detto come io vi proposi una forma di esercito, acciò che, secondo quella, gli potesse dare tutte quelle forme che 'l nimico e il sito ricerca; perché, in questo caso, e secondo il sito e secondo il nimico si procede. Ma notate questo: che non ci è la più pericolosa forma che distendere assai la fronte dell'esercito tuo, se già tu non hai un gagliardissimo e un grandissimo esercito; altrimenti tu l'hai a fare piuttosto grosso e poco largo, che assai largo e sottile. Perché, quando tu hai poche genti a comparazione del nimico, tu dei cercare degli altri rimedii, come sono: ordinare l'esercito tuo in lato che tu sia fasciato o da fiume o da palude, in modo che tu non possa essere circundato; o fasciarti da' fianchi con le fosse, come fece Cesare in Francia. E avete a prendere in questo caso questa generalità: di allargarvi o ristrignervi con la fronte, secondo il numero vostro e quello del nimico; ed essendo il nimico di minore numero, dei cercare di luoghi larghi, avendo tu massimamente le genti tue disciplinate, acciò che tu possa non solamente circundare il nimico, ma distendervi i tuoi ordini; perché ne' luoghi aspri e difficili, non potendo valerti degli ordini tuoi, non vieni ad avere alcuno vantaggio. Quinci nasceva che i Romani quasi sempre cercavano i campi aperti e fuggivano i difficili. Al contrario, come ho detto, dei fare se hai o poche genti o male disciplinate; perché tu hai a cercare luoghi, o dove il poco numero si salvi, o dove la poca esperienza non ti offenda. Debbesi ancora eleggere il luogo superiore, per potere più facilmente urtarlo. Nondimanco si debbe avere questa avvertenza: di non ordinare l'esercito tuo in una spiaggia e in luogo propinquo alle radici di quella, dove possa venire l'esercito nimico; perché in questo caso, rispetto alle artiglierie, il luogo superiore ti arrecherebbe disavvantaggio; perché sempre e commodamente potresti dalle artiglierie nimiche essere offeso sanza potervi fare alcuno rimedio, e tu non potresti commodamente offendere quello, impedito da' tuoi medesimi. Debbe ancora, chi ordina uno esercito a giornata, avere rispetto al sole e al vento, che l'uno e l'altro non ti ferisca la fronte; perché l'uno e l'altro ti impediscono la vista, l'uno con i razzi, l'altro con la polvere. E di più il vento disfavorisce l'armi che si traggono al nimico e fa più deboli i colpi loro. E quanto al sole, non basta avere cura che allora non ti dia nel viso, ma conviene pensare che, crescendo il dì, non ti offenda. E per questo converrebbe, nello ordinare le genti, averlo tutto alle spalle, acciò ch'egli avesse a passare assai tempo nello arrivarti in fronte. Questo modo fu osservato da Annibale a Canne e da Mario contro a' Cimbri. Se tu fossi assai inferiore di cavagli, ordina l'esercito tuo tra vigne e arbori e simili impedimenti, come fecero ne' nostri tempi gli Spagnuoli, quando ruppono i Franzesi nel Reame alla Cirignuola. E si è veduto molte volte come con i medesimi soldati, variando solo l'ordine e il luogo, si diventa di perdente vittorioso, come intervenne a' Cartaginesi, i quali, sendo stati vinti da Marco Regolo più volte, furono di poi, per il consiglio di Santippo lacedemonio, vittoriosi, il quale gli fece scendere nel piano, dove, per virtù de' cavagli e degli liofanti, poterono superare i Romani. E mi pare, secondo gli antichi esempli, che quasi tutti i capitani eccellenti, quando eglino hanno conosciuto che il nimico ha fatto forte uno lato della battaglia, non gli hanno opposta la parte più forte, ma la più debole; e l'altra più forte hanno opposta alla più debole; poi, nello appiccare la zuffa, hanno comandato alla loro parte più gagliarda, che solamente sostenga il nimico e non lo spinga, e alla più debole, che si lasci vincere e ritirisi nell'ultima schiera dell'esercito. Questo genera due grandi disordini al nimico: il primo, ch'egli si truova la sua parte più gagliarda circundata; il secondo è che, parendogli avere la vittoria subito, rade volte è che non si disordini; donde ne nasce la sua subita perdita. Cornelio Scipione, sendo in Ispagna contro ad Asdrubale cartaginese, e sappiendo come ad Asdrubale era noto ch'egli nell'ordinare l'esercito poneva le sue legioni in mezzo, la quale era la più forte parte del suo esercito, e, per questo, come Asdrubale con simile ordine doveva procedere; quando di poi venne alla giornata, mutò ordine, e le sue legioni messe ne' corni dello esercito, e nel mezzo pose tutte le sue genti più deboli. Di poi, venendo alle mani, in un subito quelle genti poste nel mezzo fece camminare adagio ed i corni dello esercito con celerità farsi innanzi; di modo che solo i corni dell'uno e dell'altro esercito combattevano, e le schiere di mezzo, per essere distante l'una dall'altra, non si aggiugnevano; e così veniva a combattere la parte di Scipione più gagliarda con la più debole d'Asdrubale; e vinselo. Il quale modo fu allora utile; ma oggi, rispetto alle artiglierie, non si potrebbe usare; perché quello spazio che rimarrebbe nel mezzo, tra l'uno esercito e l'altro, darebbe tempo a quelle di potere trarre; il che è pernizziosissimo, come di sopra dicevo. Però conviene lasciare questo modo da parte, e usarlo, come poco fa dissi, faccendo appiccare tutto lo esercito e la parte più debole cedere. Quando uno capitano si truova avere più esercito di quello del nimico, a volerlo circundare che non lo prevegga, ordini lo esercito suo di equale fronte a quello dello avversario; di poi, appiccata la zuffa, faccia che a poco a poco la fronte si ritiri e i fianchi si distendano; e sempre occorrerà che 'l nimico si troverrà, sanza accorgersene, circundato. Quando uno capitano voglia combattere quasi che sicuro di non potere essere rotto, ordini l'esercito suo in luogo dove egli abbia il refugio propinquo e sicuro, o tra paludi o tra monti o in una città potente; perché, in questo caso, egli non può essere seguito dal nimico e il nimico può essere seguitato da lui. Questo termine fu usato da Annibale, quando la fortuna cominciò a diventargli avversa e che dubitava del valore di Marco Marcello. Alcuni, per turbare gli ordini del nimico, hanno comandato a quegli che sono leggermente armati, che appicchino la zuffa, e, appiccata, si ritirino tra gli ordini; e quando di poi gli eserciti si sono attestati insieme e che la fronte di ciascuno è occupata al combattere, gli hanno fatti uscire per li fianchi delle battaglie, e quello turbato e rotto. Se alcuno si truova inferiore di cavagli, può, oltre a' modi detti, porre dietro a' suoi cavagli una battaglia di picche, e, nel combattere, ordinare che dieno la via alle picche; e rimarrà sempre superiore. Molti hanno consueto di avvezzare alcuni fanti leggiermente armati a combattere tra' cavagli; il che è stato alla cavalleria di aiuto grandissimo. Di tutti coloro che hanno ordinati eserciti alla giornata, sono i più lodati Annibale e Scipione quando combatterono in Affrica, e perché Annibale aveva l'esercito suo composto di Cartaginesi e di ausiliarii di varie generazioni, pose nella prima fronte ottanta liofanti; di poi collocò gli ausiliarii, dopo a' quali pose i suoi Cartaginesi; nell'ultimo luogo messe gli Italiani, ne' quali confidava poco. Le quali cose ordinò così, perché gli ausiliarii, avendo innanzi il nimico e di dietro sendo chiusi da' suoi, non potessono fuggire; di modo che, sendo necessitati al combattere, vincessero o straccassero i Romani, pensando poi, con la sua gente fresca e virtuosa facilmente i Romani già stracchi superare. All'incontro di questo ordine, Scipione collocò gli astati, i principi e i triarii nel modo consueto da potere ricevere l'uno l'altro e sovvenire l'uno all'altro. Fece la fronte dello esercito piena di intervalli; e perch'ella non transparesse, anzi paresse unita, li riempié di veliti; a' quali comandò che, tosto ch'e' liofanti venivano, cedessero, e, per li spazi ordinarii, entrassono tra le legioni e lasciassero la via aperta a' liofanti; e così venne a rendere vano l'impeto di quegli, tanto che, venuto alle mani, ei fu superiore.

ZANOBI Voi mi avete fatto ricordare, nello allegarmi cotesta giornata, come Scipione nel combattere non fece ritirare gli astati negli ordini de' principi, ma gli divise e fecegli ritirare nelle corna dello esercito, acciò che dessono luogo a' principi, quando gli volle spingere innanzi. Però vorrei mi dicessi quale cagione lo mosse a non osservare l'ordine consueto.

FABRIZIO Dirovvelo. Aveva Annibale posta tutta la virtù del suo esercito nella seconda schiera; donde che Scipione, per opporre, a quella, simile virtù, raccozzò i principi e i triarii insieme: tale che essendo gli intervalli de' principi occupati da' triarii, non vi era luogo a potere ricevere gli astati; e però fece dividere gli astati e andare ne' corni dello esercito, e non gli ritirò tra' principi. Ma notate che questo modo dello aprire la prima schiera per dare luogo alla seconda, non si può usare se non quando altri è superiore; perché allora si ha commodità a poterlo fare, come potette Scipione. Ma essendo al disotto e ributtato, non lo puoi fare se non con tua manifesta rovina; e però conviene avere, dietro, ordini che ti ricevino. Ma torniamo al ragionamento nostro. Usavano gli antichi Asiatici, tra l'altre cose pensate da loro per offendere i nimici, carri i quali avevano da' fianchi alcune falce; tale che, non solamente servivano ad aprire con il loro impeto le schiere, ma ancora ad ammazzare con le falci gli avversarii. Contro a questi impeti in tre modi si provvedeva: o si sostenevano con la densità degli ordini, o si ricevevano dentro nelle schiere come i liofanti, o e' si faceva con arte alcuna resistenza gagliarda; come fece Silla romano contro ad Archelao, il quale aveva assai di questi carri che chiamavano falcati, che, per sostenergli, ficcò assai pali in terra dopo le prime schiere, da' quali i carri sostenuti perdevano l'impeto loro. Ed è da notare il nuovo modo che tenne Silla contro a costui in ordinare lo esercito; perché misse i veliti e i cavagli dietro e tutti gli armati gravi davanti, lasciando assai intervalli da potere mandare innanzi quegli di dietro quando la necessità lo richiedesse; donde, appiccata la zuffa, con lo aiuto de' cavagli a' quali dette la via, ebbe la vittoria. A volere turbare nella zuffa l'esercito nimico, conviene fare nascere qualche cosa che lo sbigottisca, o con annunziare nuovi aiuti che vengano, o col dimostrare cose che gli rappresentino; talmente che i nimici, ingannati da quello aspetto, sbigottiscono e, sbigottiti, si possano facilmente vincere. I quali modi tennono Minuzio Ruffo e Acilio Glabrione consoli romani. Caio Sulpizio ancora misse assai saccomanni sopra muli e altri animali alla guerra inutili, ma in modo ordinati che rappresentavano gente d'arme, e comandò ch'eglino apparissono sopra uno colle, mentre ch'egli era alle mani con i Franzesi; donde ne nacque la sua vittoria. Il medesimo fece Mario quando combatté contro a' Tedeschi. Valendo, adunque, assai gli assalti finti mentre che la zuffa dura, conviene che molto più giovino i veri, massimamente se allo improvviso nel mezzo della zuffa si potesse di dietro o da lato assaltare il nimico. Il che difficilmente si può fare se il paese non ti aiuta; perché, quando egli è aperto, non si può celare parte delle tue genti come conviene fare in simili imprese; ma ne' luoghi silvosi o montuosi, e per questo atti agli agguati, si può bene nascondere parte delle tue genti, per potere, in uno subito e fuora di sua opinione assaltare il nimico; la quale cosa sempre sarà cagione di darti la vittoria. È stato qualche volta di grande momento, mentre che la zuffa dura, seminare voci che pronuncino il capitano de' nimici essere morto, o avere vinto dall'altra parte dello esercito; il che molte volte a chi l'ha usato ha dato la vittoria. Turbasi facilmente la cavalleria nimica o con forme o con romori inusitati; come fece Creso, che oppose i cammegli agli cavagli degli avversarii; e Pirro oppose alla cavalleria romana i liofanti, lo aspetto de' quali la turbò e la disordinò. Ne' nostri tempi il Turco ruppe il Sofì in Persia e il Soldano in Sorìa, non con altro se non con i romori degli scoppietti; i quali in modo alterarono con gli loro inusitati romori la cavalleria di quegli, che il Turco potéo facilmente vincerla. Gli Spagnuoli, per vincere l'esercito d'Amilcare missero nella prima fronte carri pieni di stipa tirati da buoi, e, venendo alle mani, appiccarono fuoco a quella; donde che i buoi, volendo fuggire il fuoco, urtarono nell'esercito di Amilcare e lo apersero. Soglionsi, come abbiamo detto, ingannare i nimici nel combattere, tirandogli negli agguati, dove il paese è accomodato; ma, quando fusse aperto e largo, hanno molti usato di fare fosse, e di poi ricopertole leggermente di frasche e terra e lasciato alcuni spazi solidi da potersi tra quelle ritirare; di poi, appiccata la zuffa, ritiratosi per quelli, e il nimico seguendogli, è rovinato in esse. Se nella zuffa ti occorre alcuno accidente da sbigottire i tuoi soldati, è cosa prudentissima il saperlo dissimulare e pervertirlo in bene, come fece Tullo Ostilio e Lucio Silla; il quale, veggendo come, mentre che si combatteva, una parte delle sue genti se ne era ita dalla parte inimica, e come quella cosa aveva assai sbigottiti i suoi, fece subito intendere per tutto lo esercito come ogni cosa seguiva per ordine suo; il che non solo non turbò lo esercito, ma gli accrebbe in tanto lo animo, che rimase vittorioso. Occorse ancora a Silla che, avendo mandati certi soldati a fare alcuna faccenda, ed essendo stati morti, disse, perché l'esercito suo non si sbigottisse, avergli con arte mandati nelle mani de' nimici perché gli aveva trovati poco fedeli. Sertorio, faccendo una giornata in Ispagna, ammazzò uno che gli significò la morte d'uno de' suoi capi, per paura che, dicendo il medesimo agli altri, non gli sbigottisse. È cosa difficilissima, uno esercito già mosso a fuggire, fermarlo e renderlo alla zuffa. E avete a fare questa distinzione: o egli è mosso tutto, e qui è impossibile restituirlo; o ne è mossa una parte, e qui è qualche rimedio. Molti capitani romani con il farsi innanzi a quegli che fuggivano, gli hanno fermi, faccendoli vergognare della fuga; come fece Lucio Silla, che, sendo già parte delle sue legioni in volta cacciate dalle genti di Mitridate, si fece innanzi con una spada in mano, gridando: - Se alcuno vi domanda dove voi avete lasciato il capitano vostro, dite: Noi lo abbiamo lasciato in Beozia che combatteva -. Attilio consolo a quegli che fuggivano oppose quegli che non fuggivano, e fece loro intendere che, se non voltavano, sarebbero morti dagli amici e da' nimici. Filippo di Macedonia, intendendo come i suoi temevano de' soldati sciti, pose dietro al suo esercito alcuni de' suoi cavagli fidatissimi, e commise loro ammazzassono qualunque fuggiva; onde che i suoi, volendo più tosto morire combattendo che fuggendo, vinsero. Molti Romani, non tanto per fermare una fuga, quanto per dare occasione a' suoi di fare maggiore forza, hanno, mentre che si combatte tolta una bandiera di mani a' suoi e gittatala tra' nimici e proposto premi a chi la riguadagna. Io non credo che sia fuora di proposito aggiugnere a questo ragionamento quelle cose che intervengono dopo la zuffa, massime sendo cose brevi e da non le lasciare indietro e a questo ragionamento assai conformi. Dico, adunque, come le giornate si perdono o si vincono. Quando si vince, si dee con ogni celerità seguire la vittoria e imitare in questo caso Cesare e non Annibale; il quale, per essersi fermo da poi ch'egli ebbe rotti i Romani a Canne, ne perdé lo imperio di Roma. Quello altro mai dopo la vittoria non si posava, ma con maggiore impeto e furia seguiva el nimico rotto, che non l'aveva assaltato intero. Ma quando si perde, dee un capitano vedere se dalla perdita ne può nascere alcuna sua utilità, massimamente se gli è rimaso alcuno residuo di esercito. La commodità può nascere dalla poca avvertenza del nimico, il quale, il più delle volte, dopo la vittoria diventa trascurato e ti dà occasione di opprimerlo; come Marzio Romano oppresse gli eserciti cartaginesi, i quali, avendo morti i duoi Scipioni e rotti i loro eserciti, non stimando quello rimanente delle genti che con Marzio erano rimase vive, furono da lui assaltati e rotti. Per che si vede che non è cosa tanto riuscibile quanto quella che il nimico crede che tu non possa tentare, perché il più delle volte gli uomini sono offesi più dove dubitano meno. Debbe un capitano pertanto, quando egli non possa fare questo, ingegnarsi almeno con la industria che la perdita sia meno dannosa. A fare questo ti è necessario tenere modi che il nimico non ti possa con facilità seguire, o dargli cagione ch'egli abbia a ritardare. Nel primo caso, alcuni, poi ch'egli hanno conosciuto di perdere, ordinarono agli loro capi che in diverse parti e per diverse vie si fuggissono, avendo dato ordine dove si avevano di poi a raccozzare; il che faceva che il nimico, temendo di dividere l'esercito, ne lasciava ire salvi o tutti o la maggior parte di essi. Nel secondo caso, molti hanno gittato innanzi al nimico le loro cose più care, acciò che quello, ritardato dalla preda, dia loro più spazio alla fuga. Tito Didio usò non poca astuzia per nascondere il danno ch'egli aveva ricevuto nella zuffa; perché, avendo combattuto infino a notte con perdita di assai de' suoi, fece la notte sotterrare la maggior parte di quegli; donde che la mattina, vedendo i nimici tanti morti de' loro e sì pochi de' Romani, credendo avere disavvantaggio, si fuggirono. Io credo di avere così confusamente, come io dissi, sodisfatto in buona parte alla domanda vostra. Vero è che, circa la forma degli eserciti, mi resta a dirvi come alcuna volta per alcun capitano si è costumato fargli con la fronte a uso d'uno conio, giudicando potere per tale via più facilmente aprire l'esercito inimico. Contro a questa forma hanno usato fare una forma a uso di forbici, per potere tra quello vacuo ricevere quello conio e circundarlo e combatterlo da ogni parte. Sopra che voglio che voi prendiate questa regola generale: che il maggiore rimedio che si usi contro a uno disegno del nimico, è fare volontario quello ch'egli disegna che tu faccia per forza; perché, faccendolo volontario, tu lo fai con ordine e con vantaggio tuo e disavvantaggio suo; se lo facessi forzato, vi sarebbe la tua rovina. A fortificazione di questo non mi curerò di replicarvi alcuna cosa già detta. Fa il conio lo avversario per aprire le tue schiere? Se tu vai con esse aperte, tu disordini lui ed esso non disordina te. Pose i liofanti in fronte del suo esercito Annibale per aprire con quegli l'esercito di Scipione; andò Scipione con esso aperto e fu cagione e della sua vittoria e della rovina di quello. Pose Asdrubale le sue genti più gagliarde nel mezzo della fronte del suo esercito, per spingere le genti di Scipione; comandò Scipione che per loro medesime si ritirassono, e ruppelo. In modo che simili disegni, quando si presentano, sono cagione della vittoria di colui contro a chi essi sono ordinati. Restami ancora, se bene mi ricorda, dirvi quali rispetti debbe avere uno capitano prima che si conduca alla zuffa. Sopra che io vi ho a dire, in prima, come uno capitano non ha mai a fare giornata se non ha vantaggio, o se non è necessitato. Il vantaggio nasce dal sito, dall'ordine, dall'avere o più o migliore gente, La necessità nasce quando tu vegga, non combattendo, dovere in ogni modo perdere; come è: che sia per mancarti danari e, per questo, lo esercito tuo si abbia in ogni modo a risolvere; che sia per assaltarti la fame; che il nimico aspetti di ingrossare di nuova gente. In questi casi sempre si dee combattere, ancora con tuo disavvantaggio, perch'egli è assai meglio tentare la fortuna dov'ella ti possa favorire, che, non la tentando, vedere la tua certa rovina. Ed è così grave peccato, in questo caso, in uno capitano il non combattere, come è d'avere avuta occasione di vincere e non la avere o conosciuta per ignoranza o lasciata per viltà. I vantaggi qualche volta te gli dà il nimico e qualche volta la tua prudenza. Molti, nel passare i fiumi, sono stati rotti da uno loro nimico accorto, il quale ha aspettato che sieno mezzi da ogni banda e, di poi, gli ha assaltati; come fece Cesare a' Svizzeri, che consumò la quarta parte di loro, per essere tramezzati da uno fiume. Trovasi alcuna volta il tuo nimico stracco per averti seguito troppo inconsideratamente, di modo che, trovandoti tu fresco e riposato, non dei lasciare passare tale occasione. Oltre a questo, se il nimico ti presenta, la mattina di buona ora, la giornata, tu puoi differire di uscir de' tuoi alloggiamenti per molte ore; e quando egli è stato assai sotto l'armi e ch'egli ha perso quel primo ardore con il quale venne, puoi allora combattere seco. Questo modo tenne Scipione e Metello in Ispagna, l'uno contro ad Asdrubale, l'altro contro a Sertorio. Se il nimico è diminuito di forze, o per avere diviso gli eserciti, come gli Scipioni in Ispagna, o per qualche altra cagione, dei tentare la sorte. La maggior parte de' capitani prudenti piuttosto ricevano l'impeto de' nimici, che vadano con impeto ad assaltare quelli: perché il furore è facilmente sostenuto dagli uomini fermi e saldi, e il furore sostenuto facilmente si convertisce in viltà. Così fece Fabio contro a' Sanniti e contro a' Galli, e fu vittorioso; e Decio suo collega vi rimase morto. Alcuni che hanno temuto della virtù del loro nimico, hanno cominciato la zuffa nell'ora propinqua alla notte, acciò che i suoi, sendo vinti, potessero, difesi dalla oscurità di quella, salvarsi. Alcuni, avendo conosciuto come l'esercito nimico è preso da certa superstizione di non combattere in tale tempo, hanno quel tempo eletto alla zuffa, e vinto. Il che osservò Cesare in Francia contro ad Ariovisto, e Vespasiano in Sorìa contro a' Giudei. La maggiore e più importante avvertenza che debba avere uno capitano, è di avere appresso di sé uomini fedeli, peritissimi della guerra e prudenti, con gli quali continuamente si consigli e con loro ragioni delle sue genti e di quelle del nimico: quale sia maggiore numero, quale meglio armato, o meglio a cavallo, o meglio esercitato; quali sieno più atti a patire la necessità; in quali confidi più, o ne' fanti o ne' cavagli. Di poi considerino il luogo dove sono, e s'egli è più a proposito per il nimico che per lui; chi abbia di loro più commodamente la vettovaglia; s'egli è bene differire la giornata o farla; che di bene gli potesse dare o torre il tempo; perché molte volte i soldati, veduta allungare la guerra, infastidiscono e, stracchi nella fatica e nel tedio, ti abbandonano. Importa sopra tutto conoscere il capitano de' nimici e chi egli ha intorno: s'egli è temerario o cauto, se timido o audace. Vedere come tu ti puoi fidare de' soldati ausiliarii. E sopra tutto ti debbi guardare di non condurre l'esercito ad azzuffarsi che tema o che in alcuno modo diffidi della vittoria; perché il maggiore segno di perdere è quando non si crede potere vincere. E però in questo caso dei fuggire la giornata, o col fare come Fabio Massimo che, accampandosi ne' luoghi forti, non dava animo ad Annibale d'andarlo a trovare; o, quando tu credessi che il nimico ancora ne' luoghi forti ti venisse a trovare, partirsi della campagna e dividere le genti per le tue terre, acciò che il tedio della espugnazione di quelle lo stracchi.

ZANOBI Non si può egli fuggire altrimenti la giornata, che dividersi in più parti e mettersi nelle terre?

FABRIZIO Io credo, altra volta, con alcuno di voi avere ragionato come quello che sta alla campagna non può fuggire la giornata, quando egli ha uno nimico che lo vogli combattere in ogni modo; e non ha se non uno rimedio: porsi con l'esercito suo discosto cinquanta miglia almeno dall'avversario suo, per essere a tempo a levarsegli dinanzi quando lo andasse a trovare. E Fabio Massimo non fuggì mai la giornata con Annibale, ma la voleva fare a suo vantaggio; e Annibale non presumeva poterlo vincere andando a trovarlo ne' luoghi dove quello alloggiava; ché s'egli avesse presupposto poterlo vincere, a Fabio conveniva fare giornata seco in ogni modo, o fuggirsi. Filippo, re di Macedonia, quello che fu padre di Perse, venendo a guerra con i Romani, pose gli alloggiamenti suoi sopra uno monte altissimo per non fare giornata con quegli; ma i Romani lo andarono a trovare in su quello monte e lo ruppono. Cingentorige, capitano de' Franciosi, per non avere a fare giornata con Cesare, il quale fuora della sua opinione aveva passato un fiume, si discostò molte miglia con le sue genti. I Viniziani, ne' tempi nostri, se non volevano venire a giornata con il re di Francia, non dovevano aspettare che l'esercito francioso passasse l'Adda, ma discostarsi da quello, come Cingentorige. Donde che quegli, avendo aspettato, non seppono pigliare nel passare delle genti la occasione del fare la giornata, né fuggirla; perché i Franciosi, sendo loro pripinqui, come i Viniziani disalloggiarono, gli assaltarono e ruppero. Tanto è che la giornata non si può fuggire quando il nimico la vuole in ogni modo fare. Né alcuno alleghi Fabio, perché tanto in quel caso fuggì la giornata egli, quanto Annibale. Egli occorre molte volte che i tuoi soldati sono volonterosi di combattere, e tu cognosci, per il numero e per il sito o per qualche altra cagione, avere disavvantaggio, e disideri fargli rimuovere da questo disiderio. Occorre ancora che la necessità o l'occasione ti costringe alla giornata, e che i tuoi soldati sono male confidenti e poco disposti a combattere; donde che ti è necessario nell'uno caso sbigottirgli e nell'altro accendergli. Nel primo caso, quando le persuasioni non bastano, non è il migliore modo che darne in preda una parte di loro al nimico, acciò che quegli che hanno e quegli che non hanno combattuto, ti credano. E puossi molto bene fare con arte quello che a Fabio Massimo intervenne a caso. Disiderava, come voi sapete, l'esercito di Fabio combattere con l'esercito d'Annibale; il medesimo disiderio aveva il suo maestro de' cavagli; a Fabio non pareva di tentare la zuffa; tanto che, per tale disparere, egli ebbero a dividere l'esercito. Fabio ritenne i suoi negli alloggiamenti; quell'altro combatté, e, venuto in pericolo grande, sarebbe stato rotto, se Fabio non lo avesse soccorso. Per il quale esempio il maestro de' cavagli, insieme con tutto lo esercito, cognobbe come egli era partito savio ubbidire a Fabio. Quanto allo accendergli al combattere, è bene fargli sdegnare contro a' nimici, mostrando che dicono parole ignominiose di loro; mostrare di avere con loro intelligenza e averne corrotti parte; alloggiare in lato che veggano i nimici e che facciano qualche zuffa leggiere con quegli, perché le cose che giornalmente si veggono, con più facilità si dispregiano; mostrarsi indegnato e, con una orazione a proposito, riprendergli della loro pigrizia e, per fargli vergognare, dire di volere combattere solo, quando non gli vogliano fare compagnia. E dei, sopra ogni cosa, avere questa avvertenza, volendo fare il soldato ostinato alla zuffa: di non permettere che ne mandino a casa alcuna loro facultà, o depongano in alcuno luogo, infino ch'egli è terminata la guerra, acciò che intendano che, se 'l fuggire salva loro la vita, egli non salva loro la roba; l'amore della quale non suole meno di quella rendere ostinati gli uomini alla difesa.

ZANOBI Voi avete detto come egli si può fare i soldati volti a combattere parlando loro. Intendete voi, per questo, che si abbia a parlare a tutto l'esercito, o a' capi di quello?

FABRIZIO A persuadere o a dissuadere a' pochi una cosa è molto facile perché, se non bastano le parole, tu vi puoi usare l'autorità e la forza, ma la difficultà è rimuovere da una moltitudine una sinistra opinione e che sia contraria o al bene comune o all'opinione tua; dove non si può usare se non le parole le quali conviene che sieno udite da tutti, volendo persuadergli tutti. Per questo gli eccellenti capitani conveniva che fussono oratori, perché, sanza sapere parlare a tutto l'esercito, con difficultà si può operare cosa buona; il che al tutto in questi nostri tempi è dismesso. Leggete la vita d'Alessandro Magno, e vedete quante volte gli fu necessario concionare e parlare publicamente all'esercito; altrimenti non l'arebbe mai condotto, sendo diventato ricco e pieno di preda, per i deserti d'Arabia e nell'India con tanto suo disagio e noia; perché infinite volte nascono cose mediante le quali uno esercito rovina, quando il capitano o non sappia o non usi di parlare a quello; perché questo parlare lieva il timore, accende gli animi, cresce l'ostinazione, scuopre gl'inganni, promette premi, mostra i pericoli e la via di fuggirli, riprende, priega, minaccia, riempie di speranza, loda, vitupera, e fa tutte quelle cose per le quali le umane passioni si spengono o si accendono. Donde quel principe o republica che disegnasse fare una nuova milizia e rendere riputazione a questo esercizio, debbe assuefare i suoi soldati a udire parlare il capitano, e il capitano a sapere parlare a quegli. Valeva assai, nel tenere disposti gli soldati antichi, la religione e il giuramento che si dava loro quando si conducevano a militare; perché in ogni loro errore si minacciavano non solamente di quelli mali che potessono temere dagli uomini, ma di quegli che da Dio potessono aspettare. La quale cosa, mescolata con altri modi religiosi, fece molte volte facile a' capitani antichi ogni impresa, e farebbe sempre, dove la religione si temesse e osservasse. Sertorio si valse di questa, mostrando di parlare con una cervia la quale, da parte d'Iddio, gli prometteva la vittoria. Silla diceva di parlare con una immagine ch'egli aveva tratta dal tempio di Apolline. Molti hanno detto essere loro apparso in sogno Iddio, che gli ha ammoniti al combattere. Ne' tempi de' padri nostri, Carlo VII re di Francia, nella guerra che fece contro agli Inghilesi, diceva consigliarsi con una fanciulla mandata da Iddio, la quale si chiamò per tutto la Pulzella di Francia; il che gli fu cagione della vittoria. Puossi ancora tenere modi che facciano che i tuoi apprezzino poco il nimico;

come tenne Agesilao spartano, il quale mostrò a' suoi soldati alcuni Persiani ignudi, acciò che, vedute le loro membra dilicate, non avessero cagione di temergli. Alcuni gli hanno costretti a combattere per necessità, levando loro via ogni speranza di salvarsi, fuora che nel vincere; la quale è la più gagliarda e la migliore provvisione che si faccia, a volere fare il suo soldato ostinato. La quale ostinazione è accresciuta dalla confidenza e dall'amore del capitano o della patria. La confidenza, la causa l'armi; l'ordine, le vittorie fresche e l'opinione del capitano. L'amore della patria è causato dalla natura; quello del capitano, dalla virtù più che da niuno altro beneficio. Le necessitadi possono essere molte, ma quella è più forte, che ti costringe o vincere o morire.

LIBRO QUINTO

FABRIZIO Io vi ho mostro come si ordina uno esercito per fare giornata con un altro esercito che si vegga posto all'incontro di sé, e narratovi come quella si vince e, di poi, molte circustanze per li varii accidenti che possono occorrere intorno a quella; tanto che mi pare tempo da mostrarvi ora come si ordina uno esercito contro a quel nimico che altri non vede, ma che continuamente si teme non ti assalti. Questo interviene quando si cammina per il paese nimico o sospetto. E prima avete a intendere come uno esercito romano, per l'ordinario, sempre mandava innanzi alcune torme di cavagli come speculatori del cammino. Di poi seguitava il corno destro. Dopo questo ne venivano tutti i carriaggi che a quello appartenevano. Dopo questi veniva una legione; dopo lei i suoi carriaggi; dopo quegli un'altra legione e, appresso a quella, i suoi carriaggi; dopo i quali ne veniva il corno sinistro co' suoi carriaggi a spalle e, nell'ultima parte, seguiva il rimanente della cavalleria. Questo era in effetto il modo col quale ordinariamente si camminava. E se avveniva che l'esercito fusse assaltato a cammino da fronte o da spalle, essi facevano a un tratto ritirare tutti i carriaggi o in su la destra o in su la sinistra, secondo che occorreva o che meglio, rispetto al sito, si poteva e tutte le genti insieme, libere dagli impedimenti loro, facevano testa da quella parte donde il nimico veniva. Se erano assaltate per fianco, si ritiravano i carriaggi verso quella parte che era sicura, e dell'altra facevano testa. Questo modo, sendo buono e prudentemente governato, mi parrebbe da imitare, mandando innanzi i cavagli leggieri come speculatori del paese, di poi, avendo quattro battaglioni, fare che camminassero alla fila, e ciascuno con i suoi carriaggi a spalle. E perché sono di due ragioni carriaggi, cioè pertinenti a' particolari soldati e pertinenti al publico uso di tutto il campo, dividerei i carriaggi publici in quattro parti e, ad ogni battaglione, ne concederei la sua parte, dividendo ancora in quarto le artiglierie e tutti i disarmati, acciò che ogni numero di armati avesse equalmente gli impedimenti suoi. Ma perché egli occorre alcuna volta che si cammina per il paese, non solamente sospetto, ma in tanto nimico che tu temi a ogni ora di essere assalito, sei necessitato, per andare più sicuro, mutare forma di cammino e andare in modo ordinato, che né i paesani né l'esercito ti possa offendere, trovandoti in alcuna parte improvvisto. Solevano in tale caso gli antichi capitani andare con lo esercito quadrato (ché così chiamavano questa forma, non perch'ella fusse al tutto quadra, ma per essere atta a combattere da quattro parti) e dicevano che andavano parati e al cammino e alla zuffa; dal quale modo io non mi voglio discostare, e voglio ordinare i miei due battaglioni, i quali ho preso per regola d'uno esercito, a questo effetto. Volendo pertanto camminare sicuro per il paese nimico e potere rispondere da ogni parte quando fusse all'improvviso assaltato, e volendo, secondo gli antichi, ridurlo in quadro, disegnerei fare uno quadro, che il vacuo suo fusse di spazio da ogni parte dugentododici braccia, in questo modo: io porrei prima i fianchi, discosto l'uno fianco dall'altro dugentododici braccia, e metterei cinque battaglie per fianco in filo per lunghezza, e discosto l'una dall'altra tre braccia; le quali occuperebbero con gli loro spazii, occupando ogni battaglia quaranta braccia, dugentododici braccia. Tra le teste poi e tra le code di questi due fianchi porrei l'altre dieci battaglie, in ogni parte cinque, ordinandole in modo che quattro se ne accostassono alla testa del fianco destro, e quattro alla coda del fianco sinistro, lasciando tra ciascuna uno intervallo di tre braccia; una poi se ne accostasse alla testa del fianco sinistro e una alla coda del fianco destro. E perché il vano che è dall'uno fianco all'altro è dugentododici braccia, e queste battaglie, che sono poste allato l'una all'altra per larghezza e non per lunghezza, verrebbero a occupare con gli intervalli centotrentaquattro braccia, verrebbe, tra le quattro battaglie poste in su la fronte del fianco destro e l'una posta in su quella del sinistro, a restare uno spazio di settantotto braccia; e quello medesimo spazio verrebbe a rimanere nelle battaglie poste nella parte posteriore; né vi sarebbe altra differenza se non che l'uno spazio verrebbe dalla parte di dietro verso il corno destro, l'altro verrebbe dalla parte davanti verso il corno sinistro. Nello spazio delle settantotto braccia davanti porrei tutti i veliti ordinarii: in quello di dietro gli straordinarii, che ne verrebbe ad essere mille per spazio. E volendo che lo spazio che avesse di dentro l'esercito fusse per ogni verso dugentododici braccia, converrebbe che le cinque battaglie che si pongono nella testa, e quelle che si pongono nella coda, non occupassono alcuna parte dello spazio che tengono i fianchi; e però converrebbe che le cinque battaglie di dietro toccassero, con la fronte, la coda de' loro fianchi, e quelle davanti, con la coda, toccassero le teste, in modo che sopra ogni canto di questo esercito resterebbe uno spazio da ricevere un'altra battaglia. E perché sono quattro spazi, io torrei quattro bandiere delle picche estraordinarie e, in ogni canto, ne metterei una; e le due bandiere di dette picche che mi avanzassero, porrei nel mezzo del vano di questo esercito in uno quadro in battaglia, alla testa delle quali stesse il capitano generale co' suoi uomini intorno. E perché queste battaglie, ordinate così, camminano tutte per uno verso, ma non tutte per uno verso combattono, si ha, nel porle insieme, a ordinare quegli lati a combattere che non sono guardati dall'altre battaglie. E però si dee considerare che le cinque battaglie che sono in fronte, hanno guardate tutte l'altre parti eccetto che la fronte; e però queste s'hanno a mettere insieme ordinariamente e con le picche davanti. Le cinque battaglie che sono dietro, hanno guardate tutte le bande fuora che la parte di dietro; e però si dee mettere insieme queste in modo che le picche vengano dietro, come nel suo luogo dimostrammo. Le cinque battaglie che sono nel fianco destro hanno guardati tutti i lati, dal fianco destro in fuora. Le cinque che sono in sul sinistro, hanno fasciate tutte le parti, dal fianco sinistro in fuora; e però nell'ordinare le battaglie si debbe fare che le picche tornino da quel fianco che resta scoperto. E perché i capidieci vengano per testa e per coda, acciò che, avendo a combattere, tutte l'armi e le membra sieno ne' luoghi loro, il modo a fare questo si disse quando ragionammo de' modi dell'ordinare le battaglie. L'artiglierie dividerei; e una parte ne metterei di fuora nel fianco destro e l'altra nel sinistro. I cavagli leggieri manderei innanzi a scoprire il paese. Degli uomini d'arme, ne porrei parte dietro in sul corno destro e parte in sul sinistro, distanti un quaranta braccia dalle battaglie. E avete a pigliare, in ogni modo che voi ordinate uno esercito, quanto a' cavagli, questa generalità: che sempre si hanno a porre o dietro o da' fianchi. Chi li pone davanti, nel dirimpetto dello esercito, conviene faccia una delle due cose: o che gli metta tanto innanzi che, sendo ributtati, eglino abbiano tanto spazio che dia loro tempo a potere cansarsi dalle fanterie tue e non le urtare; o ordinare in modo quelle con tanti intervalli, che i cavagli, per quegli, possano entrare tra loro sanza disordinarle. Né sia alcuno che stimi poco questo ricordo, perché molti, per non ci avere avvertito, ne sono rovinati e, per loro medesimi, si sono disordinati e rotti. I carriaggi e gli uomini disarmati si mettono nella piazza che resta dentro all'esercito, e in modo compartiti che dieno la via facilmente a chi volesse andare o dall'uno canto all'altro o dall'una testa all'altra dell'esercito. Occupano queste battaglie, sanza l'artiglierie e i cavagli, per ogni verso dal lato di fuora, dugentottantadue braccia di spazio. E perché questo quadro è composto di due battaglioni, conviene divisare quale parte ne faccia uno battaglione e quale l'altro. E perché i battaglioni si chiamano dal numero e ciascuno di loro ha, come sapete, dieci battaglie e uno capo generale, farei che il primo battaglione ponesse le sue prime cinque battaglie nella fronte, l'altre cinque nel fianco sinistro, e il capo stesse nell'angulo sinistro della fronte. Il secondo battaglione di poi mettesse le prime cinque sue battaglie nel fianco destro, e le altre cinque nella coda, e il capo stesse nell'angulo destro; il quale verrebbe a fare l'ufficio del tergiduttore. Ordinato in questo modo lo esercito, si ha a fare muovere e, nello andare, osservare tutto questo ordine; e sanza dubbio egli è sicuro da tutti i tumulti de' paesani. Né dee fare il capitano altra provvisione agli assalti tumultuarii, che dare qualche volta commissione, a qualche cavallo o bandiera de' veliti, che gli rimettano. Né mai occorrerà che queste genti tumultuarie vengano a trovarti al tiro della spada o della picca, perché la gente inordinata ha paura della ordinata; e sempre si vedrà che, con le grida e con i romori, faranno uno grande assalto sanza appressartisi altrimenti, a guisa di cani botoli intorno a uno maschino. Annibale, quando venne a' danni de' Romani in Italia passò per tutta la Francia e, sempre, de' tumulti franzesi tenne poco conto. Conviene, a volere camminare, avere spianatori e marraiuoli innanzi che ti facciano la via; i quali saranno guardati da quegli cavagli che si mandono avanti a scoprire. Camminerà uno esercito in questo ordine dieci miglia il giorno, e avanzeragli tanto di sole, che egli alloggerà e cenerà; perché per l'ordinario uno esercito cammina venti miglia. Se viene che sia assaltato da uno esercito ordinato, questo assalto non può nascere subito, perché uno esercito ordinato viene col passo tuo; tanto che tu sei a tempo a riordinarti alla giornata e ridurti tosto in quella forma, o simile a quella forma di esercito che di sopra ti si mostrò. Perché, se tu sei assaltato dalla parte dinanzi, tu non hai se non a fare che l'artiglierie che sono ne' fianchi e i cavagli che sono di dietro vengano dinanzi e pongansi in quegli luoghi e con quelle distanze che di sopra si dice. I mille veliti che sono davanti escano del luogo suo, e dividansi in cinquecento per parte, ed entrino nel luogo loro tra' cavagli e le corna dell'esercito. Di poi nel vuoto che lasceranno, entrino le due bandiere delle picche estraordinarie che io posi nel mezzo della piazza dell'esercito. I mille veliti che io posi di dietro, si partano di quello luogo e dividansi per i fianchi delle battaglie a fortificazione di quelle; e, per la apertura che loro lasceranno, escano tutti i carriaggi e i disarmati, e mettansi alle spalle delle battaglie. Rimasa adunque la piazza vota e andato ciascuno a' luoghi suoi, le cinque battaglie che io posi dietro all'esercito si facciano innanzi per il vòto che è tra l'uno e l'altro fianco, e camminino verso le battaglie di testa; e le tre si accostino a quelle a quaranta braccia con uguali intervalli intra l'una e l'altra; e le due rimangano addietro, discosto altre quaranta braccia. La quale forma si può ordinare in uno subito; e viene ad essere quasi simile alla prima disposizione che dello esercito dianzi dimostrammo; e se viene più stretto in fronte, viene più grosso ne' fianchi; che non gli dà meno fortezza. Ma perché le cinque battaglie che sono nella coda hanno le picche dalla parte di dietro, per le cagioni che dianzi dicemmo, è necessario farle venire dalla parte davanti, volendo ch'elle facciano spalle alla fronte dell'esercito; e però conviene: o fare voltare battaglia per battaglia come uno corpo solido, o farle subito entrare tra gli ordini degli scudi e condurle davanti; il quale modo è più ratto e di minore disordine che farle voltare. E così dèi fare di tutte quelle che restono di dietro, in ogni qualità di assalto, come io vi mostrerò. Se si presenta che il nimico venga dalla parte di dietro, la prima cosa, si ha a fare che ciascuno volti il viso dov'egli aveva le schiene; e subito lo esercito viene ad avere fatto del capo coda e della coda capo. Di poi si dee tenere tutti quegli modi in ordinare quella fronte che io dico di sopra. Se il nimico viene ad affrontare il fianco destro, si debbe, verso quella banda, fare voltare il viso a tutto lo esercito; di poi fare tutte quelle cose, in fortificazione di quella testa, che di sopra si dicono; tale che i cavagli, i veliti, l'artiglierie sieno ne' luoghi conformi a questa testa. Solo vi è questa differenza: che nel variare le teste di quelli che si tramutono, chi ha ad ire meno e chi più. Bene è vero che faccendo testa del fianco destro, i veliti che avessono ad entrare negli intervalli che sono tra le corna dello esercito e i cavagli, sarebbono quegli che fussono più propinqui al fianco sinistro; nel luogo de' quali arebbero ad entrare le due bandiere delle picche estraordinarie, poste nel mezzo. Ma, innanzi vi entrassero, i carriaggi e i disarmati per l'apertura sgomberassono la piazza e ritirassonsi dietro al fianco sinistro; il che verrebbe ad essere allora coda dello esercito. Gli altri veliti che fussono posti nella coda secondo l'ordinazione principale, in questo caso non si mutassero, perché quello luogo non rimanesse aperto, il quale di coda verrebbe ad essere fianco. Tutte l'altre cose si doono fare come nella prima testa si disse. Questo che si è detto circa il fare testa del fianco destro, s'intende detto avendola a fare del fianco sinistro; perché si dee osservare il medesimo ordine. Se il nimico venisse grosso ed ordinato per assaltarti da due bande, si deono fare quelle due bande, ch'egli viene ad assaltare, forti con quelle due che non sono assaltate, duplicando gli ordini in ciascheduna e dividendo, per ciascuna parte, l'artiglieria, i veliti e i cavagli. Se viene da tre o da quattro bande, è necessario o che tu o esso manchi di prudenza; perché, se tu sarai savio, tu non ti metterai mai in lato che il nimico da tre o da quattro bande con gente grossa e ordinata ti possa assaltare; perché, a volere che sicuramente ti offenda, conviene che sia sì grosso, che da ogni banda egli ti assalti con tanta gente quanta abbia quasi tutto il tuo esercito. E se tu se' sì poco prudente, che tu ti metta nelle terre e forze d'uno nimico che abbia tre volte gente ordinata più di te, non ti puoi dolere, se tu capiti male, se non di te. Se viene, non per tua colpa, ma per qualche sventura, sarà il danno sanza la vergogna, e ti interverrà come agli Scipioni in Ispagna e ad Asdrubale in Italia. Ma se il nimico non ha molta più gente di te, e voglia, per disordinarti, assaltarti da più bande, sarà stoltizia sua e ventura tua; perché conviene che a fare questo egli s'assottigli in modo che tu puoi facilmente urtarne una banda e sostenerne un'altra, e in brieve tempo rovinarlo. Questo modo dell'ordinare un esercito contro a uno nimico che non si vede ma che si teme, è necessario, ed è cosa utilissima assuefare i tuoi soldati a mettersi insieme e camminare con tale ordine e, nel camminare, ordinarsi per combattere secondo la prima testa e, di poi, ritornare nella forma che si cammina; da quella, fare testa della coda, poi del fianco; da queste, ritornare nella prima forma. I quali esercizii e assuefazioni sono necessarii, volendo avere uno esercito disciplinato e pratico. Nelle quali cose si hanno ad affaticare i capitani e i principi; né è altro la disciplina militare che sapere bene comandare ed eseguire queste cose; né è altro uno esercito disciplinato, che uno esercito che sia bene pratico in su questi ordini; né sarebbe possibile che chi in questi tempi usasse bene simile disciplina, fusse mai rotto. E se questa forma quadrata che io vi ho dimostra, è alquanto difficile, tale difficultà è necessaria, pigliandola per esercizio; perché, sappiendo bene ordinarsi e mantenersi in quella, si saprà di poi più facilmente stare in quelle che non avessono tanta difficultà.

ZANOBI Io credo, come voi dite che questi ordini sieno molto necessarii; e io per me non saprei che mi vi aggiungere o levare. Vero è che io disidero sapere da voi due cose: l'una, se, quando voi volete fare della coda o del fianco, testa, e voi gli volete fare voltare, se questo si comanda con la voce o con il suono; l'altra, se quegli che voi mettete davanti a spianare le strade per fare la via allo esercito, deono essere de' medesimi soldati delle vostre battaglie, oppure altra gente vile, deputata a simile esercizio.

FABRIZIO La prima vostra domanda importa assai; perché molte volte lo essere i comandamenti de' capitani non bene intesi, o male interpretati, ha disordinato il loro esercito; però le voci con le quali si comanda ne' pericoli deono essere chiare e nette. E se tu comandi con il suono, conviene fare che dall'uno modo all'altro sia tanta differenza, che non si possa scambiare l'uno dall'altro; e, se comandi con le voci, dèi avere avvertenza di fuggire le voci generali e usare le particolari, e delle particulari fuggire quelle che si potessono interpretare sinistramente. Molte volte il dire: - A dietro! A dietro! - ha fatto rovinare uno esercito; però questa voce si dee fuggire, e, in suo luogo, usare - Ritiratevi! -. Se voi gli volete fare voltare per rimutare testa o per fianco o a spalle, non usate mai: - Voltatevi! - ma dite: - A sinistra! A destra! A spalle! A fronte! -. Così tutte le altre voci hanno ad essere semplici e nette, come: - Premete! State forti! Innanzi! Tornate! -. E tutte quelle cose che si possono fare con la voce, si facciano; l'altre si facciano con il suono. Quanto agli spianatori, che è la seconda domanda vostra, io fare' fare questo ufficio a' miei soldati proprii, sì perché così si faceva nella antica milizia, sì ancora, perché fusse nello esercito meno gente disarmata e meno impedimenti, e ne trarrei d'ogni battaglia quel numero bisognasse, e farei loro pigliare gli istrumenti atti a spianare, e l'armi lasciare a quelle file che fussero loro più presso, le quali le porterebbero loro, e, venendo il nimico non arebbono a fare altro che ripigliarle e ritornare negli ordini loro.

ZANOBI Gli istrumenti da spianare chi gli porterebbe?

FABRIZIO I carri, a portare simili istrumenti, deputati.

ZANOBI Io dubito che voi non condurresti mai questi vostri soldati a zappare.

FABRIZIO Di tutto si ragionerà nel luogo suo. Per ora io voglio lasciare stare questa parte e ragionare del modo del vivere dello esercito; perché mi pare, avendolo tanto affaticato, che sia tempo da rinfrescarlo e ristorarlo con il cibo. Voi avete ad intendere che uno principe debbe ordinare l'esercito suo più espedito che sia possibile e torgli tutte quelle cose che gli aggiugnessero carico e gli facessero difficili le imprese. Tra quelle che arrecono più difficultà, sono avere a tenere provvisto l'esercito di vino e di pane cotto. Gli antichi al vino non pensavano, perché, mancandone, beevano acqua tinta con un poco d'aceto per darle sapore; donde che tra le munizioni de' viveri dello esercito era l'aceto e non il vino. Non cocevano il pane ne' forni, come si usa per le cittadi, ma provvedevano le farine; e di quelle ogni soldato a suo modo si sodisfaceva, avendo per condimento lardo e sugna; il che dava, al pane che facevano, sapore e gli manteneva gagliardi. In modo che le provvisioni di vivere per l'esercito erano farine, aceto, lardo e sugna e, per i cavagli, orzo. Avevano, per l'ordinario, branchi di bestiame grosso e minuto che seguiva l'esercito; il quale, per non avere bisogno di essere portato, non dava molto impedimento. Da questo ordine nasceva che uno esercito antico camminava alcuna volta molti giorni per luoghi solitarii e difficili sanza patire disagi di vettovaglie, perché viveva di cose che facilmente se le poteva tirare dietro. Al contrario interviene ne' moderni eserciti; i quali, volendo non mancare del vino e mangiare pane cotto in quegli modi che quando sono a casa, di che non possono fare provvisione a lungo, rimangono spesso affamati, o, se pure ne sono provvisti, si fa con uno disagio e con una spesa grandissima. Pertanto io ritirerei l'esercito mio a questa forma del vivere, né vorrei mangiassono altro pane che quello che per loro medesimi si cocessero. Quanto al vino non proibirei il berne, né che nello esercito ne venisse, ma non userei né industria né fatica alcuna per averne, e nell'altre provvisioni mi governerei al tutto come gli antichi. La quale cosa se considererete bene, vedrete quanta difficultà si lieva via, e di quanti affanni e disagi si priva uno esercito e uno capitano, e quanta commodità si darà a qualunque impresa si volesse fare.

ZANOBI Noi abbiamo vinto il nimico alla campagna, camminato di poi sopra il paese suo; la ragione vuole che si sia fatto prede, taglieggiato terre, preso prigioni; però io vorrei sapere come gli antichi in queste cose si governavano.

FABRIZIO Ecco che io vi sodisfarò. Io credo che voi abbiate considerato, perché altra volta con alcuni di voi ne ho ragionato, come le presenti guerre impoveriscono così quegli signori che vincono, come quegli che perdono; perché se l'uno perde lo stato, l'altro perde i danari e il mobile suo; il che anticamente non era, perché il vincitore delle guerre arricchiva. Questo nasce da non tenere conto in questi tempi delle prede, come anticamente si faceva, ma si lasciano tutte alla discrezione de' soldati. Questo modo fa due disordini grandissimi: l'uno, quello che io ho detto; l'altro, che il soldato diventa più cupido del predare e meno osservante degli ordini; e molte volte si è veduto come la cupidità della preda ha fatto perdere chi era vittorioso. I Romani pertanto, che furno principi di questo esercizio, provvidero all'uno e all'altro di questi inconvenienti, ordinando che tutta la preda appartenesse al publico, e che il publico poi la dispensasse come gli paresse. E però avevano negli eserciti i questori, che erano, come diremmo noi, i camarlinghi; appresso a' quali tutte le taglie e le prede si collocavano; di che il consolo si serviva a dar la paga ordinaria a' soldati, a sovvenire i feriti e gl'infermi, e agli altri bisogni dello esercito. Poteva bene il consolo, e usavalo spesso, concedere una preda a' soldati; ma questa concessione non faceva disordine, perché, rotto lo esercito, tutta la preda si metteva in mezzo e distribuivasi per testa secondo le qualità di ciascuno. Il quale modo faceva che i soldati attendevano a vincere e non a rubare; e le legioni romane vincevano il nimico e non lo seguitavano, perché mai non si partivano degli ordini loro; solamente lo seguivano i cavagli con quegli armati leggermente e, se vi erano, altri soldati che legionari. Che se le prede fussero state di chi le guadagnava, non era possibile né ragionevole tenere le legioni ferme, e portavasi molti pericoli. Di qui nasceva pertanto che il publico arricchiva, e ogni consolo portava con gli suoi trionfi nello erario assai tesoro, il quale era tutto di taglie e di prede. Un'altra cosa facevano gli antichi bene considerata; che del soldo che davano a ciascuno soldato, la terza parte volevano che deponesse appresso quello che della sua battaglia portava la bandiera; il quale mai non gliene riconsegnava se non fornita la guerra. Questo facevano mossi da due ragioni: la prima, perché il soldato facesse del suo soldo capitale; perché, essendo la maggior parte giovani e straccurati, quanto più hanno, tanto più sanza necessità spendono; l'altra, perché sappiendo che il mobile loro era appresso alla bandiera, fussero forzati averne più cura e con più ostinazione difenderla; e così questo modo gli faceva massai e gagliardi. Le quali cose tutte è necessario osservare, a volere ridurre la milizia ne' termini suoi.

ZANOBI Io credo che non sia possibile che ad uno esercito, mentre che cammina da luogo a luogo, non scaggia accidenti pericolosi dove bisogni la industria del capitano e la virtù de' soldati, volendogli evitare; però io arei caro che voi, occorrendone alcuno, lo narrassi.

FABRIZIO Io vi contenterò volentieri, essendo massimamente necessario, volendo dare di questo esercizio perfetta scienza. Deono i capitani, sopra ogni altra cosa, mentre che camminano con l'esercito, guardarsi dagli agguati; ne' quali si incorre in due modi: o camminando tu entri in quegli, o con arte del nimico vi se' tirato dentro, sanza che tu gli presenta. Al primo caso volendo obviare, è necessario mandare innanzi doppie guardie le quali scuoprano il paese; e tanto maggiore diligenza vi si debba usare, quanto più il paese fusse atto agli agguati, come sono i paesi selvosi e montuosi, perché sempre si mettono o in una selva o dietro a uno colle. E come lo agguato, non lo prevedendo, ti rovina, così, prevedendolo, non ti offende. Hanno gli uccegli o la polvere molte volte scoperto il nimico, perché, sempre che il nimico ti venga a trovare, farà polverio grande che ti significherà la sua venuta. Così molte volte uno capitano veggendo, ne' luoghi donde egli debbe passare, levare colombi o altri di quegli uccelli che volono in schiera, e aggirarsi e non si porre, ha conosciuto essere quivi lo agguato de' nimici e mandato innanzi sue genti; e, conosciuto quello, ha salvato sé e offeso il nimico suo. Quanto al secondo caso di esservi tirato dentro, che questi nostri chiamono essere tirato alla tratta, dèi stare accorto di non credere facilmente a quelle cose che sono poco ragionevoli ch'elle sieno, come sarebbe: se il nimico ti mettesse innanzi una preda, dèi credere che in quella sia l'amo e che vi sia dentro nascoso lo inganno. Se gli assai nimici sono cacciati da' tuoi pochi; se pochi nimici assaltono i tuoi assai; se i nimici fanno una subita fuga e non ragionevole; sempre dèi in tali casi temere di inganno. E non hai a credere mai che il nimico non sappia fare i fatti suoi; anzi, a volerti ingannare meno e a volere portare meno pericolo, quanto è più debole, quanto è meno cauto il nimico, tanto più dèi stimarlo. E hai in questo ad usare due termini diversi, perché tu hai a temerlo con il pensiero e con l'ordine; ma con le parole e con l'altre estrinseche dimostrazioni mostrare di spregiarlo, perché questo ultimo modo fa che i tuoi soldati sperano più di avere vittoria, quell'altro ti fa più cauto e meno atto ad essere ingannato. E hai ad intendere che, quando si cammina per il paese nimico, si porta più e maggiori pericoli che nel fare la giornata. E però il capitano, camminando, dee raddoppiare la diligenza; e la prima cosa che dee fare, è di avere descritto e dipinto tutto il paese per il quale egli cammina, in modo che sappia i luoghi, il numero, le distanze, le vie, i monti, i fiumi, i paludi e tutte le qualità loro: e a fare di sapere questo, conviene abbia a sé, diversamente e in diversi modi, quegli che sanno i luoghi, e dimandargli con diligenza, e riscontrare il loro parlare e, secondo i riscontri, notare. Deve mandare innanzi cavagli e, con loro, capi prudenti, non tanto a scoprire il nimico, quanto a speculare il paese, per vedere se riscontra col disegno e con la notizia ch'egli ha avuta di quello. Deve ancora mandare guardate le guide con speranza di premio e timore di pena e, sopra tutto, deve fare che l'esercito non sappia a che fazione egli lo guida; perché non è cosa nella guerra più utile che tacere le cose che si hanno a fare. E perché uno subito assalto non turbi i tuoi soldati, li dèi avvertire ch'egli stieno parati con l'armi; perché le cose previse offendono meno. Molti hanno, per fuggire le confusioni del cammino, messo sotto le bandiere i carriaggi e i disarmati, e comandato loro che seguino quelle, acciò che, avendosi, camminando, a fermare o a ritirare, lo possano fare più facilmente, la quale cosa, come utile, io appruovo assai. Debbesi avere ancora quella avvertenza nel camminare, che l'una parte dell'esercito non si spicchi dall'altra, o che, per andare l'uno tosto e l'altro adagio, l'esercito non si assottigli, le quali cose sono cagione di disordine. Però bisogna collocare i capi in lato che mantengano il passo uniforme, ritenendo i troppo solleciti e sollecitando i tardi; il quale passo non si può meglio regolare che col suono. Debbonsi fare rallargare le vie, acciò che sempre una battaglia almeno possa ire in ordinanza. Debbesi considerare il costume e le qualità del nimico, e se ti suole assaltare o da mattino o da mezzo dì o da sera, e s'egli è più potente co' fanti o co' cavagli; e, secondo intendi, ordinarti e provvederti. Ma vegnamo a qualche particolare accidente. Egli occorre qualche volta che, levandoti dinanzi al nimico per giudicarti inferiore, e per questo, non volere fare giornata seco, e venendoti quello a spalle, arrivi alla ripa d'un fiume il quale ti toglie tempo nel passare, in modo che 'l nimico è per raggiungerti e per combatterti. Hanno alcuni, che si sono trovati in tale pericolo, cinto l'esercito loro dalla parte di dietro con una fossa, e quella ripiena di stipa e messovi fuoco; di poi passato con l'esercito sanza potere essere impediti dal nimico, essendo quello da quel fuoco che era di mezzo ritenuto.

ZANOBI E mi è duro a credere che cotesto fuoco li possa ritenere, massime perché mi ricorda avere udito come Annone cartaginese, essendo assediato da' nimici, si cinse, da quella parte che voleva fare eruzione, di legname e messevi fuoco; donde che, i nimici non essendo intenti da quella parte a guardarlo, fece sopra quelle fiamme passare il suo esercito, faccendo tenere a ciascuno gli scudi al viso per difendersi dal fuoco e dal fumo.

FABRIZIO Voi dite bene; ma considerate come io ho detto e come fece Annone; perché io dissi che fecero una fossa e la riempierono di stipa; in modo che, chi voleva passare, aveva a contendere con la fossa e col fuoco. Annone fece il fuoco sanza la fossa; e perché lo voleva passare, non lo dovette fare gagliardo, perché, ancora sanza la fossa l'arebbe impedito. Non sapete voi che Nabide spartano, sendo assediato in Sparta da' Romani, messe fuoco in parte della sua terra per impedire il passo a' Romani, i quali erano di già entrati dentro? E mediante quelle fiamme, non solamente impedì loro il passo, ma gli ributtò fuora. Ma torniamo alla materia nostra. Quinto Lutazio romano, avendo alle spalle i Cimbri e arrivato ad uno fiume, perché il nimico gli desse tempo a passare, mostrò di dare tempo a lui al combatterlo; e però finse di volere alloggiare quivi, e fece fare fosse e rizzare alcuno padiglione e mandò alcuni cavagli per i campi a saccomanno; tanto che, credendo i Cimbri ch'egli alloggiasse, ancora essi alloggiarono e si divisero in più parti per provvedere a' viveri; di che essendosi Lutazio accorto, passò il fiume sanza potere essere impedito da loro. Alcuni, per passare uno fiume non avendo ponte, lo hanno derivato e una parte tiratasi dietro alle spalle; e l'altra di poi, divenuta più bassa, con facilità passata. Quando i fiumi sono rapidi, a volere che le fanterie passino più sicuramente, si mettono i cavagli più possenti dalla parte di sopra, che sostengano l'acqua, e un'altra parte di sotto, che soccorra i fanti, se alcuno dal fiume nel passare ne fusse vinto. Passansi ancora i fiumi che non si guadano, con ponti, con barche, con otri; e però è bene avere ne' suoi eserciti attitudine a potere fare tutte queste cose. Occorre alcuna volta che, nel passare uno fiume, il nimico opposto dall'altra ripa t'impedisce. A volere vincere questa difficultà non ci conosco esempio da imitare migliore che quello di Cesare; il quale, avendo lo esercito suo alla riva d'un fiume in Francia, ed essendogli impedito il passare da Vergingetorige franzese il quale dall'altra parte del fiume aveva le sue genti, camminò più giornate lungo il fiume, e il simile faceva il nimico. E avendo Cesare fatto uno alloggiamento in uno luogo selvoso e atto a nascondere gente, trasse da ogni legione tre coorti e fecele fermare in quello luogo, comandando loro che, subito che fusse partito, gittassero uno ponte e lo fortificassero, ed egli con l'altre sue genti seguitò il cammino. Donde che Vergingetorige vedendo il numero delle legioni, credendo che non ne fusse rimasa parte a dietro, seguì ancora egli il camminare; ma Cesare, quando credette che il ponte fusse fatto, se ne tornò indietro e, trovato ogni cosa ad ordine, passò il fiume sanza difficultà.

ZANOBI Avete voi regola alcuna a conoscere i guadi?

FABRIZIO Sì, abbiamo. Sempre il fiume in quella parte la quale è tra l'acqua che stagna e la corrente, che fa a chi vi riguarda come una riga, ha meno fondo ed è luogo più atto a essere guadato che altrove; perché sempre in quello luogo il fiume ha posto più, e ha tenuto più in collo di quella materia che per il fondo trae seco. La quale cosa, perché è stata esperimentata assai volte, è verissima.

ZANOBI Se egli avviene che il fiume abbia sfondato il guado, tale che i cavagli vi si affondino, che rimedio ne date?

FABRIZIO Fare graticci di legname e porgli nel fondo del fiume e, sopra quegli, passare. Ma seguitiamo il ragionamento nostro. S'egli accade che uno capitano si conduca col suo esercito tra due monti e che non abbia se non due vie a salvarsi, o quella davanti o quella di dietro, e quelle sieno da' nimici occupate, ha, per rimedio, di far quello che alcuno ha per l'addietro fatto; il che è: fare dalla parte di dietro una fossa grande e difficile a passare, e mostrare al nimico di volere con quella ritenerlo, per potere con tutte le forze sanza avere a temere di dietro, fare forza per quella via che davanti resta aperta. Il che credendo i nimici, si fecero forti di verso la parte aperta e abbandonarono la chiusa, e quello allora gittò uno ponte di legname a tale effetto ordinato sopra la fossa, e da quella parte sanza alcuno impedimento passò e liberossi dalle mani del nimico. Lucio Minuzio, consolo romano, era in Liguria con gli eserciti, ed era stato da' nimici rinchiuso tra certi monti donde non poteva uscire. Pertanto mandò quello alcuni soldati di Numidia a cavallo, ch'egli aveva nel suo esercito, i quali erano male armati e sopra cavagli piccoli e magri, verso i luoghi che erano guardati da' nimici, i quali, nel primo aspetto, fecero che i nimici si missero insieme a difendere il passo; ma, poi che viddero quelle genti male in ordine e, secondo loro, male a cavallo, stimandogli poco, allargarono gli ordini della guardia. Di che come i Numidi si avviddero, dato di sproni a' cavagli e fatto impeto sopra di loro, passarono sanza che quegli vi potessero fare alcuno rimedio; i quali passati, guastando e predando il paese, costrinsero i nimici a lasciare il passo libero allo esercito di Lucio. Alcuno capitano che si è trovato assaltato da gran moltitudine di nemici, si è ristretto insieme e dato al nimico facultà di circundarlo tutto, e di poi, da quella parte ch'egli l'ha conosciuto più debole, ha fatto forza e, per quella via, si ha fatto fare luogo, e salvatosi. Marco Antonio andando ritirandosi dinanzi all'esercito de' Parti, s'accorse come i nimici ogni giorno al fare del dì, quando si moveva, lo assaltavano e, per tutto il cammino, lo infestavano; di modo che prese per partito di non partire prima che a mezzogiorno. Tale che i Parti, credendo che per quel giorno egli non volesse disalloggiare, se ne tornarono alle loro stanze; e Marco Antonio potéo di poi tutto il rimanente dì camminare sanza alcuna molestia. Questo medesimo, per fuggire il saettume de' Parti, comandò alle sue genti che quando i Parti venivano verso di loro, s'inginocchiassero, e la seconda fila delle battaglie ponesse gli scudi in capo alla prima, la terza alla seconda, la quarta alla terza, e così successive; tanto che tutto lo esercito veniva ad essere come sotto uno tetto e difeso dal saettume nimico. Questo è tanto quanto mi occorre dirvi che possa a uno esercito, camminando, intervenire; però quando a voi non occorra altro, io passerò ad un'altra parte.

LIBRO SESTO

ZANOBI Io credo che sia bene, poiché si debbe mutare ragionamento, che Batista pigli l'ufficio suo e io deponga il mio; e verreno in questo caso ad imitare i buoni capitani, secondo che io intesi già qui dal signore; i quali pongono i migliori soldati dinanzi e di dietro all'esercito, parendo loro necessario avere davanti chi gagliardamente appicchi la zuffa e chi, di dietro, gagliardamente la sostenga. Cosimo, pertanto, cominciò questo ragionamento prudentemente, e Batista prudentemente lo finirà. Luigi ed io l'abbiamo in questi mezzi intrattenuto. E come ciascuno di noi ha presa la parte sua volentieri, così non credo che Batista sia per ricusarla.

BATISTA Io mi sono lasciato governare infino a qui; così sono per lasciarmi per lo avvenire. Pertanto, signore, siate contento di seguitare i ragionamenti vostri e, se noi v'interrompiamo con queste pratiche, abbiateci per escusati.

FABRIZIO Voi mi fate, come già vi dissi, cosa gratissima; perché questo vostro interrompermi non mi toglie fantasia, anzi me la rinfresca. Ma, volendo seguitare la materia nostra, dico come ormai è tempo che noi alloggiamo questo nostro esercito; perché voi sapete che ogni cosa disidera il riposo, e sicuro, perché riposarsi, e non si riposare sicuramente, non è riposo perfetto. Dubito bene che da voi non si fusse disiderato che io l'avessi prima alloggiato, di poi fatto camminare e, in ultimo, combattere; e noi abbiamo fatto al contrario. A che ci ha indotto la necessità, perché, volendo mostrare, camminando, come uno esercito si riduceva dalla forma del camminare a quella dell'azzuffarsi, era necessario avere prima mostro come si ordinava alla zuffa. Ma, tornando alla materia nostra, dico che, a volere che lo alloggiamento sia sicuro, conviene che sia forte e ordinato. Ordinato lo fa la industria del capitano, forte lo fa o il sito o l'arte. I Greci cercavano de' siti forti, e non si sarebbero mai posti dove non fusse stata o grotta o ripa di fiume o moltitudine di arbori, o altro naturale riparo che gli difendesse. Ma i Romani non tanto alloggiavano sicuri dal sito quanto dall'arte; né mai sarebbero alloggiati ne' luoghi dove eglino non avessero potuto, secondo la disciplina loro, distendere tutte le loro genti. Di qui nasceva che i Romani potevano tenere una forma d'alloggiamento, perché volevano che il sito ubbidisse a loro, non loro al sito. Il che non potevano osservare i Greci, perché, ubbidendo al sito e variando i siti di forma, conveniva che ancora eglino variassero il modo dello alloggiare e la forma degli loro alloggiamenti. I Romani adunque, dove il sito mancava di fortezza, supplivano con l'arte e con la industria. E perché io, in questa mia narrazione, ho voluto che si imitino i Romani, non mi partirò nel modo dello alloggiare da quegli, non osservando però al tutto gli ordini loro, ma prendendone quella parte quale mi pare che a' presenti tempi si confaccia. Io vi ho detto più volte come i Romani avevano, negli loro eserciti consolari, due legioni d'uomini romani, i quali erano circa undicimila fanti e seicento cavagli; e di più avevano altri undicimila fanti di gente mandata dagli amici in loro aiuto: né mai negli loro eserciti avevano più soldati forestieri che romani, eccetto che di cavagli, i quali non si curavano passassero il numero delle legioni loro; e, come in tutte l'azioni loro, mettevano le legioni in mezzo e, gli ausiliari da lato. Il quale modo osservavano ancora nello alloggiarsi, come per voi medesimi avete potuto leggere in quegli che scrivono le cose loro; e però io non sono per narrarvi appunto come quegli alloggiassero, ma per dirvi solo con quale ordine io al presente alloggerei il mio esercito, e voi allora conoscerete quale parte io abbia tratta da' modi romani. Voi sapete che, all'incontro di due legioni romane, io ho preso due battaglioni di fanti, di semila fanti e trecento cavagli utili per battaglione, e in che battaglie, in che arme, in che nomi io li ho divisi. Sapete come nell'ordinare l'esercito a camminare e a combattere, io non ho fatto menzione d'altre genti, ma solo ho mostro come, raddoppiando le genti, non si aveva se non a raddoppiare gli ordini. Ma volendo, al presente, mostrarvi il modo dello alloggiare, mi pare da non stare solamente con due battaglioni, ma da ridurre insieme uno esercito giusto, composto, a similitudine del romano, di due battaglioni e di altrettante genti ausiliarie. Il che fo, perché la forma dello alloggiamento sia più perfetta, alloggiando uno esercito perfetto; la quale cosa nelle altre dimostrazioni non mi è paruta necessaria. Volendo adunque alloggiare uno esercito giusto di ventiquattro mila fanti e di dumila cavagli utili, essendo diviso in quattro battaglioni, due di gente propria e due di forestieri, terrei questo modo. Trovato il sito dove io volessi alloggiare, rizzerei la bandiera capitana e, intorno, le disegnerei uno quadro che avesse ogni faccia discoste da lei cinquanta braccia; delle quali qualunque, l'una guardasse l'una delle quattro regioni del cielo, come è levante, ponente, mezzodì e tramontana; tra 'l quale spazio vorrei che fusse lo alloggiamento del capitano. E perché io credo che sia prudenza, e perché così in buona parte facevano i Romani, dividerei gli armati da' disarmati e separerei gli uomini impediti dagli espediti. Io alloggerei tutti, o la maggior parte degli armati, dalla parte di levante, e i disarmati e gli impediti dalla parte di ponente, faccendo levante la testa e ponente le spalle dello alloggiamento e mezzodì e tramontana fussero i fianchi. E per distinguere gli alloggiamenti degli armati, terrei questo modo: io moverei una linea dalla bandiera capitana e la guiderei verso levante per uno spazio di secentottanta braccia. Farei di poi due altre linee che mettessero in mezzo quella e fussero di lunghezza quanto quella, ma distante ciascuna da lei quindici braccia; nella estremità delle quali vorrei fusse la porta di levante, e lo spazio, che è tra le due estreme linee, facesse una via che andasse dalla porta allo alloggiamento del capitano; la quale verrebbe ad essere larga trenta braccia e lunga secento trenta (perché cinquanta braccia ne occuperebbe lo aloggiamento del capitano) e chiamassesi questa la via capitana; movessesi di poi un'altra via dalla porta di mezzodì infino alla porta di tramontana, e passasse per la testa della via capitana e rasente lo alloggiamento del capitano di verso levante, la quale fusse lunga mille dugento cinquanta braccia (perché occuperebbe tutta la larghezza dello alloggiamento) e fusse larga pure trenta braccia e si chiamasse la via di croce. Disegnato adunque che fusse lo alloggiamento del capitano e queste due vie, si cominciassero a disegnare gli alloggiamenti de' due battaglioni proprii; e uno ne alloggerei da mano destra della via capitana, e uno da sinistra. E però, passato lo spazio che tiene la larghezza della via di croce, porrei trentadue alloggiamenti dalla parte sinistra della via capitana, e trentadue dalla parte destra, lasciando, tra il sedicesimo e diciassettesimo alloggiamento, uno spazio di trenta braccia; il che servisse a una via traversa che attraversasse per tutti gli alloggiamenti de' battaglioni, come nella distribuzione d'essi si vedrà. Di questi due ordini di alloggiamenti, ne' primi delle teste, che verrebbero ad essere appiccati alla via di croce, alloggerei i capi degli uomini d'arme; ne' quindici alloggiamenti che da ogni banda seguissono appresso, le loro genti d'arme, che, avendo ciascuno battaglione centocinquanta uomini d'arme, toccherebbe dieci uomini d'arme per alloggiamento. Gli spazi degli alloggiamenti de' capi fussero, per larghezza, quaranta e, per lunghezza, dieci braccia. E notisi che, qualunque volta io dico larghezza, significo lo spazio da mezzodì a tramontana, e, dicendo lunghezza, quello da ponente a levante. Quegli degli uomini d'arme fussero quindici braccia per lunghezza e trenta per larghezza. Negli altri quindici alloggiamenti che da ogni parte seguissono (i quali arebbero il principio loro passata la via traversa e che arebbero il medesimo spazio che quegli degli uomini d'arme) alloggerei i cavagli leggieri; de' quali, per essere centocinquanta, ne toccherebbe dieci cavagli per alloggiamento; e nel sedicimo che ne restasse, alloggerei il capo loro, dandogli quel medesimo spazio che si dà al capo degli uomini d'arme. E così gli alloggiamenti de' cavagli de' due battaglioni verrebbero a mettere in mezzo la via capitana e dare regola agli alloggiamenti delle fanterie, come io narrerò. Voi avete notato come io ho alloggiato i trecento cavagli d'ogni battaglione, con gli loro capi, in trentadue alloggiamenti posti in su la via capitana e cominciati dalla via di croce; come dal sestodecimo al diciassettesimo resta uno spazio di trenta braccia per fare una via traversa. Volendo pertanto alloggiare le venti battaglie che hanno i due battaglioni ordinarii, porrei gli alloggiamenti d'ogni due battaglie dietro gli alloggiamenti de' cavagli, che avessero ciascuno, di lunghezza, quindici braccia e, di larghezza, trenta come quegli de' cavagli, e fussero congiunti dalla parte di dietro, che toccassero l'uno l'altro. E in ogni primo alloggiamento, da ogni banda, che viene appiccato con la via di croce, alloggerei il connestabole d'una battaglia, che verrebbe a rispondere allo alloggiamento del capo degli uomini d'arme; ed arebbe questo alloggiamento solo di spazio, per lunghezza, venti braccia e, per lunghezza, dieci. Negli altri quindici alloggiamenti, che da ogni banda seguissono dopo questo infino alla via traversa, alloggerei da ogni parte una battaglia di fanti, che, essendo quattrocentocinquanta, ne toccherebbe per alloggiamento trenta. Gli altri quindici alloggiamenti porrei continui, da ogni banda, a quegli de' cavagli leggieri, con gli medesimi spazi, dove alloggerei da ogni parte un'altra battaglia di fanti. E nell'ultimo alloggiamento porrei da ogni parte il connestabole della battaglia, che verrebbe ad essere appiccato con quello del capo de' cavagli leggieri, con lo spazio di dieci braccia per lunghezza e di venti per larghezza. E così questi due primi ordini di alloggiamenti sarebbero mezzi di cavagli e mezzi di fanti. E perché io voglio, come nel suo luogo vi dissi, che questi cavagli sieno tutti utili, e per questo non avendo famigli che, nel governare i cavagli o nell'altre cose necessarie, gli sovvenissono, vorrei che questi fanti che alloggiassero dietro a' cavagli, fussero obligati ad aiutargli provvedere e governare a' padroni, e per questo fussero esenti dall'altre fazioni del campo; il quale modo era osservato da' Romani. Lasciato di poi, dopo questi alloggiamenti, da ogni parte, uno spazio di trenta braccia che facesse via e chiamassesi l'una, prima via a mano destra, e l'altra, prima via a sinistra, porrei da ogni banda un altro ordine di trentadue alloggiamenti doppi, che voltassero la parte di dietro l'uno all'altro, con gli medesimi spazi che quegli ho detti, e divisi dopo i sedicimi nel medesimo modo, per fare la via traversa; dove alloggerei da ogni lato quattro battaglie di fanti con i connestaboli nelle teste da piè e da capo. Lasciato di poi, da ogni lato, un altro spazio di trenta braccia che facesse via, che si chiamasse da una parte, la seconda via a man destra, e dall'altra parte, la seconda via a sinistra, metterei un altro ordine da ogni banda di trentadue alloggiamenti doppi, con le medesime distanze e divisioni; dove alloggerei da ogni lato altre quattro battaglie con gli loro connestaboli. E così verrebbero ad essere alloggiati, in tre ordini d'alloggiamenti per banda, i cavagli e le battaglie degli due battaglioni ordinarii, e metterebbero in mezzo la via capitana. I due battaglioni ausiliarii, perché io gli fo composti de' medesimi uomini, alloggerei da ogni parte di questi due battaglioni ordinarii, con gli medesimi ordini di alloggiamenti, ponendo prima uno ordine di alloggiamenti doppi dove alloggiassono mezz'i cavagli e mezz'i fanti, discosto trenta braccia dagli altri, per fare una via che si chiamasse, l'una, terza via a man destra, e l'altra, terza via a sinistra. E di poi farei da ogni lato due altri ordini di alloggiamenti, nel medesimo modo distinti e ordinati che sono quegli de' battaglioni ordinarii, che farebbero due altre vie; e tutte quante si chiamassono dal numero e dalla mano dov'elle fussero collocate. In modo che tutta quanta questa banda di esercito verrebbe ad essere alloggiata in dodici ordini d'alloggiamenti doppi, e in tredici vie, computando la via capitana e quella di croce. Vorrei restasse uno spazio, dagli alloggiamenti al fosso, di cento braccia intorno intorno. E se voi computerete tutti questi spazi, vedrete che dal mezzo dello alloggiamento del capitano alla porta di levante sono secentottanta braccia. Restaci ora due spazi, de' quali, uno è dallo alloggiamento del capitano alla porta di mezzodì, l'altro è da quello alla porta di tramontana; che viene ad essere ciascuno, misurandolo dal punto del mezzo, secentoventicinque braccia. Tratto di poi da ciascuno di questi spazi cinquanta braccia, che occupa l'alloggiamento del capitano, e quarantacinque braccia di piazza, che io gli voglio dare da ogni lato, e trenta braccia di via, che divida ciascuno di detti spazi nel mezzo, e cento braccia che si lasciano da ogni parte tra gli alloggiamenti e il fosso, resta da ogni banda uno spazio per alloggiamenti largo quattrocento braccia e lungo cento, misurando la lunghezza con lo spazio che tiene l'alloggiamento del capitano. Dividendo adunque per il mezzo dette lunghezze, si farebbe da ciascuna mano del capitano quaranta alloggiamenti lunghi cinquanta braccia e larghi venti, che verrebbero ad essere in tutto ottanta alloggiamenti; ne' quali si alloggerebbe i capi generali de' battaglioni, i camarlinghi, i maestri di campi e tutti quegli che avessono ufficio nello esercito, lasciandone alcuno voto per gli forestieri che venissono e per quegli che militassero per grazia del capitano. Dalla parte di dietro dello alloggiamento del capitano moverei una via da mezzodì a tramontana, larga trenta braccia, e chiamassesi la via di testa, la quale verrebbe ad essere posta lungo gli ottanta alloggiamenti detti, perché questa via e la via di croce metterebbero in mezzo l'alloggiamento del capitano e gli ottanta alloggiamenti che gli fussero da' fianchi. Da questa via di testa, e di rincontro allo alloggiamento del capitano, moverei un'altra via che andasse da quella alla porta di ponente, larga pure trenta braccia, e rispondesse per sito e per lunghezza alla via capitana e si chiamasse la via di piazza. Poste queste due vie ordinerei la piazza dove si facesse il mercato; la quale porrei nella testa della via di piazza, all'incontro allo alloggiamento del capitano, ed appiccata con la via di testa; e vorrei ch'ella fusse quadra, e le consegnerei novantasei braccia per quadro. E da man destra e man sinistra di detta piazza farei due ordini d'alloggiamenti, che ogni ordine avesse otto alloggiamenti doppi, i quali occupassero per lunghezza dodici braccia e per larghezza trenta; sì che verrebbero ad essere da ogni mano della piazza che la mettessono in mezzo, sedici alloggiamenti che sarebbero in tutto trentadue; ne' quali alloggerei quegli cavagli che avanzassero a' battaglioni ausiliarii; e quando questi non bastassero, consegnerei loro alcuni di quegli alloggiamenti che mettono in mezzo il capitano, e massime di quegli che guardano verso i fossi. Restanci ora ad alloggiare le picche e i veliti estraordinarii che ha ogni battaglione; che sapete, secondo l'ordine nostro, come ciascuno ha, oltre alle dieci battaglie, mille picche estraordinarie e cinquecento veliti; talmente che i due battaglioni proprii hanno dumila picche estraordinarie e mille veliti estraordinarii e gli ausiliarii quanto quegli; di modo che si viene ancora avere ad alloggiare semila fanti, i quali tutti alloggerei nella parte di verso ponente e lungo i fossi. Dalla punta adunque della via di testa e di verso tramontana lasciando lo spazio delle cento braccia da quegli al fosso, porrei uno ordine di cinque alloggiamenti doppi, che tenessero tutti settantacinque braccia per lunghezza e sessanta per larghezza; tale che, divisa la larghezza, toccherebbe a ciascuno alloggiamento quindici braccia per lunghezza e trenta per larghezza. E perché sarebbero dieci alloggiamenti, alloggerebbero trecento fanti, toccando ad ogni alloggiamento trenta fanti. Lasciando di poi uno spazio di trentun braccio, porrei in simile modo e con simili spazi un altro ordine di cinque alloggiamenti doppi, e di poi un altro, tanto che fossero cinque ordini di cinque alloggiamenti doppi; che verrebbero ad essere cinquanta alloggiamenti posti per linea retta dalla parte di tramontana, distanti tutti da' fossi cento braccia, che alloggerebbero mille cinquecento fanti. Voltando di poi in su la mano sinistra verso la porta di ponente, porrei in tutto quel tratto che fusse da loro a detta porta, cinque altri ordini d'alloggiamenti doppi, co' medesimi spazi e co' medesimi modi; vero è che dall'uno ordine all'altro non sarebbe più che quindici braccia di spazio, ne' quali si alloggerebbero ancora mille cinquecento fanti; e così dalla porta di tramontana a quella di ponente, come girano i fossi in cento alloggiamenti, compartiti in dieci ordini di cinque alloggiamenti doppi per ordine, si alloggerebbero tutte le picche e i veliti estraordinarii de' battaglioni proprii. E così dalla porta di ponente a quella di mezzodì, come girano i fossi nel medesimo modo appunto in altri dieci ordini di dieci alloggiamenti per ordine, si alloggerebbero le picche e i veliti estraordinarii de' battaglioni ausiliarii. I capi ovvero i connestaboli loro, potrebbero pigliarsi quegli alloggiamenti paressono loro più commodi dalla parte di verso i fossi. L'artiglierie disporrei per tutto lungo gli argini de' fossi; ed in tutto l'altro spazio che restasse di verso ponente, alloggerei tutti i disarmati e tutti gli impedimenti del campo. E hassi ad intendere che, sotto questo nome di impedimenti, come voi sapete, gli antichi intendevano tutto quel traino e tutte quelle cose che sono necessarie a uno esercito, fuora de' soldati, come sono: legnaiuoli, fabbri, maniscalchi, scarpellini, ingegneri, bombardieri, ancora che quegli si potessero mettere nel numero degli armati, mandriani con le loro mandrie di castroni e buoi che per vivere dello esercito bisognano e, di più, maestri d'ogni arte, insieme co' carriaggi publici delle munizioni publiche, pertinenti al vivere e allo armare. Né distinguerei particolarmente questi alloggiamenti; solo disegnerei le vie che non avessero ad essere occupate da loro; di poi gli altri spazi che tra le vie restassero, che sarebbero quattro, consegnerei in genere a tutti i detti impedimenti, cioè l'uno a' mandriani, l'altro agli artefici e maestranze, l'altro a carriaggi publici de' viveri, il quarto a quegli dell'armare. Le vie, le quali io vorrei si lasciassero sanza occuparle, sarebbero la via di piazza, la via di testa e, di più, una via che si chiamasse la via di mezzo; la quale si partisse da tramontana e andasse verso mezzodì e passasse per il mezzo della via di piazza, la quale dalla parte di ponente facesse quello effetto che fa la via traversa dalla parte di levante. E, oltre a questo, una via che girasse dalla parte di dentro, lungo gli alloggiamenti delle picche e de' veliti estraordinarii. E tutte queste vie fussero larghe trenta braccia. E l'artiglierie disporrei lungo i fossi del campo dalla parte di drento.

BATISTA Io confesso non me ne intendere; né credo anche che a dire così mi sia vergogna, non sendo questo mio esercizio. Nondimanco, questo ordine mi piace assai; solo vorrei che voi mi solvessi questi dubbi: l'uno, perché voi fate le vie e gli spazi d'intorno sì larghi; l'altro, che mi dà più noia, è, questi spazi che voi disegnate per gli alloggiamenti, come eglino hanno a essere usati.

FABRIZIO Sappiate che io fo le vie tutte larghe trenta braccia, acciò che per quelle possa andare una battaglia di fanti in ordinanza, che, se bene vi ricorda, vi dissi come per larghezza tiene ciascuna dalle venticinque alle trenta braccia. Che lo spazio il quale è tra il fosso e gli alloggiamenti sia cento braccia, è necessario, perché vi si possano maneggiare le battaglie e l'artiglierie, condurre per quello le prede e, bisognando, avere spazio da ritirarsi con nuovi fossi e nuovi argini. Stanno meglio ancora gli alloggiamenti discosto assai da' fossi, per essere più discosto a' fuochi e alle altre cose che potesse trarre il nimico per offesa di quegli. Quanto alla seconda domanda, la intenzione mia non è che ogni spazio da me disegnato sia coperto da uno padiglione solo, ma sia usato come torna commodità a quegli che vi alloggiano, o con più o con manco tende, pure che non si esca de' termini di quello. E a disegnare questi alloggiamenti, conviene sieno uomini pratichissimi e architettori eccellenti; i quali, subito che 'l capitano ha eletto il luogo, gli sappiano dare la forma e distribuirlo, distinguendo le vie, dividendo gli alloggiamenti con corde e con aste in modo, praticamente, che subito sieno ordinati e divisi. E a volere che non nasca confusione conviene voltare sempre il campo in uno medesimo modo, acciò che ciascuno sappia in quale via, in quale spazio egli ha a trovare il suo alloggiamento. E questo si dee osservare in ogni tempo, in ogni luogo, e in maniera che paia una città mobile, la quale, dovunque va, porti seco le medesime vie, le medesime case e il medesimo aspetto; la quale cosa non possono osservare coloro i quali, cercando di siti forti, hanno a mutare forma secondo la variazione del sito. Ma i Romani facevano forte il luogo co' fossi, col vallo e con gli argini, perché facevano uno steccato intorno al campo e, innanzi a quello, la fossa, per l'ordinario larga sei braccia e fonda tre; i quali spazi accrescevano, secondo che volevano dimorare in uno luogo e secondo che temevano il nimico. Io per me al presente non farei lo steccato, se già io non volessi vernare in uno luogo. Farei bene la fossa e l'argine non minore che la detta, ma maggiore secondo la necessità, farei ancora, rispetto all'artiglierie, sopra ogni canto dello alloggiamento un mezzo circulo di fosso, dal quale le artiglierie potessero battere per fianco chi venisse a combattere i fossi. In questo esercizio di sapere ordinare uno alloggiamento si deono ancora esercitare i soldati e fare, con quello, i ministri pronti a disegnarlo e i soldati presti a cognoscere i luoghi loro. Né cosa alcuna è difficile, come nel luogo suo più largamente si dirà. Perché io voglio passare per ora alle guardie del campo, perché, sanza la distribuzione delle guardie, tutte l'altre fatiche sarebbero vane.

BATISTA Avanti che voi passiate alle guardie, vorrei mi dicessi: quando altri vuole porre gli alloggiamenti propinqui al nimico, che modi si tengono? perché io non so come vi sia tempo a potergli ordinare sanza pericolo.

FABRIZIO Voi avete a sapere questo: che niuno capitano alloggia propinquo al nimico, se non quello che è disposto fare la giornata qualunque volta il nimico voglia; e quando altri è così disposto, non ci è pericolo se non ordinario; perché si ordinano le due parti dello esercito a fare la giornata, e l'altra parte fa gli alloggiamenti. I Romani in questo caso davano questa via di fortificare gli alloggiamenti a' triari, ed i principi e gli astati stavano in arme. Questo facevano perché, essendo i triari gli ultimi a combattere, erano a tempo, se il nimico veniva, a lasciare l'opera e pigliare l'armi e entrare ne' luoghi loro. Voi, a imitazione de' Romani, aresti a far fare gli alloggiamenti a quelle battaglie che voi volessi mettere nella ultima parte dello esercito in luogo de' triarii. Ma torniamo a ragionare delle guardie. E' non mi pare avere trovato, appresso agli antichi, che per guardare il campo la notte tenessero guardie fuora de' fossi discosto, come si usa oggi, le quali chiamano ascolte. Il che credo facessero, pensando che facilmente lo esercito ne potesse restare ingannato per la difficultà che è nel rivederle, e per potere essere quelle o corrotte o oppresse dal nimico; in modo che fidarsi o in parte o in tutto di loro giudicavano pericoloso. E però tutta la forza della guardia era dentro a' fossi; la quale facevano con una diligenza e con uno ordine grandissimo, punendo capitalmente qualunque da tale ordine deviava. Il quale, come era da loro ordinato non vi dirò altrimenti, per non vi tediare, potendo per voi medesimi vederlo quando, infino a ora, non l'avessi veduto. Dirò solo brevemente quello che per me si farebbe. Io farei stare per l'ordinario ogni notte il terzo dell'esercito armato e, di quello, la quarta parte sempre in piè; la quale sarebbe distribuita per tutti gli argini e per tutti i luoghi dello esercito con guardie doppie poste da ogni quadro di quello; delle quali, parte stessono saldi, parte continuamente andassero dall'uno canto dello alloggiamento all'altro. E questo ordine che io dico, osserverei ancora di giorno quando io avessi il nimico propinquo. Quanto a dare il nome, e quello rinnovare ogni sera e fare l'altre cose che in simili guardie si usano, per essere cose note, non ne parlerò altrimenti. Solo ricorderò una cosa, per essere importantissima e che genera molto bene osservandola, e, non la osservando, molto male; la quale è, che si usi gran diligenza di chi la sera non alloggia dentro al campo e di chi vi viene di nuovo. E questo è facile cosa rivedere a chi alloggia con quello ordine che noi abbiamo disegnato; perché, avendo ogni alloggiamento il numero degli uomini determinato, è facile cosa vedere se vi manca o se vi avanza uomini, e, quando ve ne manca sanza licenza, punirgli come fuggitivi, e, se ve ne avanza, intendere chi sono, quello che fanno e dell'altre condizioni loro. Questa diligenza fa che il nimico non può, se non con difficultà, tenere pratica co' tuoi capi ed essere consapevole de' tuoi consigli. La quale cosa se da' Romani non fusse stata osservata con diligenza, non poteva Claudio Nerone, avendo Annibale appresso, partirsi da' suoi alloggiamenti ch'egli aveva in Lucania, e andare e tornare dalla Marca, sanza che Annibale ne avesse presentito alcuna cosa. Ma egli non basta fare questi ordini buoni, se non si fanno con una gran severità osservare; perché non è cosa che voglia tanta osservanza, quanta si ricerca in uno esercito. Però le leggi a fortificazione di quello deono essere aspre e dure, e lo esecutore durissimo. I Romani punivano di pena capitale chi mancava nelle guardie, chi abbandonava il luogo che gli era dato a combattere, chi portava cosa alcuna di nascosto fuora degli alloggiamenti, se alcuno dicesse avere fatta qualche cosa egregia nella zuffa e non l'avesse fatta, se alcuno avesse combattuto fuora del comandamento del capitano, se alcuno avesse per timore gittato via l'armi. E quando egli occorreva che una coorte o una legione intera avesse fatto simile errore, per non gli fare morire tutti, gl'imborsavano tutti e ne traevano la decima parte, e quegli morivano. La quale pena era in modo fatta che, se ciascuno non la sentiva, ciascuno nondimeno la temeva. E perché dove sono le punizioni grandi, vi deono essere ancora i premi, a volere che gli uomini ad un tratto temano o sperino, egli avevano proposti premi a ogni egregio fatto: come a colui che, combattendo, salvava la vita ad uno suo cittadino, a chi prima saliva sopra il muro delle terre nimiche, a chi prima entrava negli alloggiamenti de' nimici, a chi avesse, combattendo, ferito o morto il nimico, a chi lo avesse gittato da cavallo. E così qualunque atto virtuoso era da' consoli riconosciuto e premiato e, publicamente, da ciascuno lodato; e quegli che conseguitavano doni per alcuna di queste cose, oltre alla gloria e alla fama che ne acquistavano tra' soldati, poi ch'egli erano tornati nella patria, con solenni pompe e con gran dimostrazioni tra gli amici e parenti le dimostravano. Non è adunque maraviglia se quel popolo acquistò tanto imperio, avendo tanta osservanza di pena e di merito verso di quegli che, o per loro bene o per loro male operare, meritassono o lode o biasimo; delle quali cose converrebbe osservare la maggior parte. Né mi pare da tacere un modo di pena da loro osservato; il quale era che, come il reo era, innanzi al tribuno o il consolo, convinto, era da quello leggermente con una verga percosso; dopo la quale percossa, al reo era lecito fuggire e a tutti i soldati ammazzarlo; in modo che subito ciascuno gli traeva o sassi o dardi, o con altre armi lo percoteva; di qualità ch'egli andava poco vivo e radissimi ne campavano; e a quegli tali campati non era lecito tornare a casa, se non con tanti incommodi e ignominie, ch'egli era molto meglio morire. Vedesi questo modo essere quasi osservato da' Svizzeri, i quali fanno i condannati ammazzare popularmente dagli altri soldati. Il che è bene considerato e ottimamente fatto; perché, a volere che uno non sia defensore d'uno reo, il maggiore rimedio che si truovi è farlo punitore di quello; perché con altro rispetto lo favorisce e con altro disiderio brama la punizione sua, quando egli proprio ne è esecutore, che quando la esecuzione perviene ad uno altro.

Volendo adunque che uno non sia negli errori sua favorito da uno popolo, gran rimedio è fare che il popolo l'abbia egli a giudicare. A fortificazione di questo si può addurre lo esemplo di Manlio Capitolino; il quale, essendo accusato dal senato, fu difeso dal popolo infino a tanto che non ne diventò giudice; ma, diventato arbitro nella causa sua, lo condannò a morte. È adunque un modo di punire questo da levare i tumulti e da fare osservare la giustizia. E perché a frenare gli uomini armati non bastono né il timore delle leggi, né quello degli uomini, vi aggiugnevano gli antichi l'autorità di Iddio; e però con cerimonie grandissime facevano a' loro soldati giurare l'osservanza della disciplina militare, acciò che contrafaccendo, non solamente avessero a temere le leggi e gli uomini, ma Iddio; e usavano ogni industria per empiergli di religione.

BATISTA Permettevano i Romani che negli loro eserciti fussero femmine, o vi si usasse di questi giuochi oziosi che si usano oggi?

FABRIZIO Proibivano l'uno e l'altro. E non era questa proibizione molto difficile, perché egli erano tanti gli esercizi ne' quali tenevano ogni dì i soldati, ora particolarmente, ora generalmente occupati, che non restava loro tempo a pensare o a Venere o a' giuochi, né ad altre cose che facciano i soldati sediziosi e inutili.

BATISTA Piacemi. Ma ditemi: quando lo esercito si aveva a levare, che ordine tenevano?

FABRIZIO Sonava la tromba capitana tre volte. Al primo suono si levavano le tende e facevano le balle; al secondo caricavano le some; al terzo movevano in quel modo dissi di sopra, con gli impedimenti dopo, ogni parte di armati, mettendo le legioni in mezzo. E però voi aresti a fare muovere uno battaglione ausiliare e, dopo quello, i suoi particolari impedimenti e, con quegli la quarta parte degli impedimenti publici; che sarebbero tutti quegli che fussero alloggiati in uno di quegli quadri che poco fa dimostrammo. E però converrebbe avere ciascuno di essi consegnato ad uno battaglione, acciò che, movendosi lo esercito, ciascuno sapesse quale luogo fusse il suo nel camminare. E così debbe andare via ogni battaglione co' suoi impedimenti proprii, e con la quarta parte de' publici a spalle, in quel modo dimostrammo che camminava l'esercito romano.

BATISTA Nel porre lo alloggiamento avevano eglino altri rispetti che quegli avete detti?

FABRIZIO Io vi dico di nuovo che i Romani volevano, nello alloggiare, potere tenere la consueta forma del modo loro; il che per osservare, non avevano alcun rispetto. Ma quanto all'altre considerazioni, ne avevano due principali: l'una, di porsi in luogo sano; l'altra, di porsi dove il nimico non lo potesse assediare e torgli la via dell'acqua o delle vettovaglie. Per fuggire adunque le infermità, ei fuggivano i luoghi paludosi o esposti a' venti nocivi. Il che conoscevano non tanto dalle qualità del sito quanto dal viso degli abitatori, e quando gli vedevano male colorati o bolsi, o di altra infezione ripieni, non vi alloggiavano. Quanto all'altra parte di non essere assediato, conviene considerare la natura del luogo, dove sono posti gli amici e dove i nimici, e da questo fare tua coniettura se tu puoi essere assediato o no. E però conviene che il capitano sia peritissimo de' siti de' paesi, e abbia intorno assai che ne abbiano la medesima perizia. Fuggesi ancora le malattie e la fame, col non fare disordinare l'esercito; perché, a volerlo mantenere sano, conviene operare che i soldati dormano sotto le tende, che si alloggi dove sieno arbori che facciano ombra, dove sia legname da potere cuocere il cibo, che non cammini per il caldo. E però bisogna trarlo dello alloggiamento innanzi dì, la state, e di verno guardarsi che non cammini per le nevi e per i ghiacci senza avere commodità di fare fuoco, e non manchi del vestito necessario e non bea acque malvage. Quegli che ammalano a caso, farli curare da' medici; perché uno capitano non ha rimedio quando egli ha a combattere con le malattie e col nimico. Ma niuna cosa è tanto utile a mantenere l'esercito sano quanto è l'esercizio; e però gli antichi ciascuno dì gli facevano esercitare. Donde si vede quanto questo esercizio vale; perché, negli alloggiamenti, ti fa sano e, nelle zuffe, vittorioso. Quanto alla fame, non solamente è necessario vedere che il nimico non t'impedisca la vettovaglia, ma provvedere donde tu abbia a averla, e vedere che quella che tu hai, non si sperda. E però ti conviene averne sempre in munizione con l'esercito per uno mese, e di poi tassare i vicini amici che giornalmente te ne provveggano; farne munizioni in qualche luogo forte e, sopra tutto, dispensarla con diligenza, dandone ogni giorno a ciascuno una ragionevole misura; e osservare in modo questa parte ch'ella non ti disordini, perché ogni altra cosa nella guerra si può col tempo vincere, questa sola col tempo vince te. Né sarà mai alcuno tuo nimico, il quale ti possa superare con la fame, che cerchi vincerti col ferro; perché, se la vittoria non è sì onorevole, ella è più sicura e più certa. Non può adunque fuggire la fame quello esercito che non è osservante di giustizia e che licenziosamente consuma quello che gli pare; perché l'uno disordine fa che la vettovaglia non vi viene, l'altro, che la venuta inutilmente si consuma. Però ordinavano gli antichi che si consumasse quella che davano e in quel tempo che volevano; perché niuno soldato mangiava se non quando il capitano. Il che quanto sia osservato da' moderni eserciti lo sa ciascuno, e meritamente non si possono chiamare ordinati e sobrii come gli antichi, ma licenziosi ed ebbriachi.

BATISTA Voi dicesti nel principio dello ordinare lo alloggiamento, che non volevi stare solamente in su due battaglioni, ma che ne volevi tòrre quattro, per mostrare come uno esercito giusto si alloggiava. Però vorrei mi dicessi due cose: l'una, quando io avessi più o meno gente, come io avessi ad alloggiare: l'altra, che numero di soldati vi basterebbe a combattere contro a qualunque nimico?

FABRIZIO Alla prima domanda vi rispondo che, se l'esercito è più o meno quattro o semila fanti si lieva od aggiugne ordini di alloggiamenti tanto che basti; e con questo modo si può ire nel più e nel meno in infinito. Nondimeno i Romani, quando congiugnevano insieme due eserciti consolari, facevano due alloggiamenti e voltavano la parte de' disarmati l'una all'altra. Quanto alla seconda domanda, vi replico come lo esercito ordinario romano era intorno a ventiquattromila soldati; ma quando maggiore forza gli premeva, i più che ne mettevano insieme erano cinquantamila. Con questo numero si opposono a dugentomila Franzesi, che gli assaltarono dopo la guerra prima ch'egli ebbero co' Cartaginesi. Con questo medesimo si opposono ad Annibale; e avete a notare che i Romani e i Greci hanno fatto la guerra co' pochi, affortificati dall'ordine e dall'arte; gli occidentali o gli orientali l'hanno fatta con la moltitudine, ma l'una di queste nazioni si serve del furore naturale, come sono gli occidentali, l'altra della grande ubbidienza che quegli uomini hanno agli loro re. Ma in Grecia e in Italia, non essendo il furore naturale né la naturale reverenza verso i loro re, è stato necessario voltarsi alla disciplina; la quale è di tanta forza, ch'ella ha fatto che i pochi hanno potuto vincere il furore e la naturale ostinazione degli assai. Però vi dico che, volendo imitare i Romani e i Greci, non si debbe passare il numero di cinquantamila soldati, anzi piuttosto torne meno; perché i più fanno confusione, né lasciano osservare la disciplina e gli ordini imparati. E Pirro usava dire che con quindicimila uomini voleva assalire il mondo. Ma passiamo ad un'altra parte. Noi abbiamo a questo nostro esercito fatta vincere una giornata, e mostro i travagli che in essa zuffa possono occorrere; abbiànlo fatto camminare, e narrato da quali impedimenti, camminando, egli possa essere circumvenuto; e in fine lo abbiamo alloggiato dove, non solamente si dee pigliare un poco di requie delle passate fatiche, ma ancora pensare come si dee finire la guerra perché negli alloggiamenti si maneggia di molte cose, massime restandoti ancora de' nimici alla campagna e delle terre sospette, delle quali è bene assicurarsi, e quelle che sono nimiche espugnare. Però è necessario venire a queste dimostrazioni e passare queste difficultà con quella gloria che infino a qui abbiamo militato. Però, scendendo a' particolari, dico che, se ti occorresse che assai uomini o assai popoli facessero una cosa che fusse a te utile e a loro di danno grande (come sarebbe o disfare le mura delle loro città, o mandare in esilio molti di loro) ti è necessario o ingannargli in modo che ciascuno non creda che tocchi a lui, tanto che, non sovvenendo l'uno all'altro, si truovino di poi oppressi tutti sanza rimedio; ovvero a tutti comandare quello che deono fare in uno medesimo giorno, acciò che, credendo ciascuno essere solo a chi sia il comandamento fatto, pensi ad ubbidire e non a' rimedi; e così fia sanza tumulto da ciascuno il tuo comandamento eseguito. Se tu avessi sospetta la fede di alcuno popolo e volessi assicurartene e occuparlo allo improvvisto, per potere colorire il disegno tuo più facilmente, non puoi far meglio che comunicare con quello alcuno tuo disegno, richiederlo di aiuto, e mostrare di voler fare altra impresa e di avere lo animo alieno da ogni pensiero di lui; il che farà che non penserà alla difesa sua, non credendo che tu pensi a offenderlo, e ti darà commodità di potere facilmente sodisfare al tuo disiderio. Quando tu presentissi che fusse nel tuo esercito alcuno che tenesse avvisato il tuo nimico de' tuoi disegni, non puoi fare meglio, a volerti valere del suo malvagio animo, che comunicargli quelle cose che tu non vuoi fare e quelle che tu vuoi fare, tacere, e dire di dubitare delle cose che tu non dubiti e, quelle di che tu dubiti, nascondere, il che farà fare al nimico qualche impresa, credendo sapere i disegni tuoi, dove facilmente tu lo potrai ingannare e opprimere. Se tu disegnassi, come fece Claudio Nerone, diminuire il tuo esercito, mandando aiuto ad alcuno amico, e che il nimico non se ne accorgesse, è necessario non diminuire gli alloggiamenti, ma mantenere i segni e gli ordini interi, faccendo i medesimi fuochi e le medesime guardie per tutto. Così se col tuo esercito si congiungesse nuova gente, e volessi che il nimico non sapesse che tu fussi ingrossato, è necessario non accrescere gli alloggiamenti; perché, tenere secreto le azioni e i disegni suoi, fu sempre utilissimo. Donde Metello, essendo con gli eserciti in Ispagna, a uno che lo domandò quello che voleva fare l'altro giorno, rispose che se la camicia sua lo sapesse, l'arderebbe. Marco Crasso a uno che lo domandava quando moverebbe l'esercito, disse: - Credi tu essere solo a non sentire le trombe? - Se tu disiderassi intendere i secreti del tuo nimico e conoscere gli ordini suoi, hanno usato alcuni mandar gli ambasciadori e con quegli, sotto veste di famigli, uomini peritissimi in guerra; i quali, presa occasione di vedere l'esercito nimico e considerare le fortezze e le debolezze sue gli hanno dato occasione di superarlo. Alcuni hanno mandato in esilio uno loro familiare e, mediante quello, conosciuti i disegni dello avversario suo. Intendonsi ancora simili segreti da' nimici, quando a questo effetto ne pigliassi prigioni. Mario, nella guerra che fece co' Cimbri per conoscere la fede di quegli Franciosi che allora abitavano la Lombardia ed erano collegati col popolo romano, mandò loro lettere aperte e suggellate; e nelle aperte scriveva che non aprissero le suggellate se non al tale tempo; e innanzi a quel tempo ridomandandole e trovandole aperte, conobbe la fede loro non essere intera. Hanno alcuni capitani, essendo assaltati, non voluto ire a trovare il nimico, ma sono iti ad assalire il paese suo e costrettolo a tornare a difendere la casa sua. Il che molte volte è riuscito bene, perché i tuoi soldati cominciano a vincere, a empiersi di preda e di confidenza; quegli del nimico si sbigottiscono, parendo loro di vincitori diventare perditori. In modo che a chi ha fatta questa diversione, molte volte è riuscito bene. Ma solo si può fare per colui che ha il suo paese più forte che non è quel del nimico, perché, quando fusse altrimenti, andrebbe a perdere. È stata spesso cosa utile a uno capitano che si truova assediato negli alloggiamenti dal nimico, muovere pratica d'accordo e fare triegua con seco per alcuno giorno; il che suole fare i nimici più negligenti in ogni azione, tale che, valendoti della negligenza loro, puoi avere facilmente occasione di uscire loro delle mani. Per questa via Silla si liberò due volte da' nimici, e con questo medesimo inganno Asdrubale in Ispagna uscì delle forze di Claudio Nerone, il quale lo aveva assediato. Giova ancora, a liberarsi dalle forze del nimico, fare qualche cosa, oltre alle dette, che lo tenga a bada. Questo si fa in due modi: o assaltarlo con parte delle forze, acciò che, intento a quella zuffa, dia commodità al resto delle tue genti di potersi salvare; o fare surgere qualche nuovo accidente che, per la novità della cosa lo faccia maravigliare e per questa cagione stare dubbio e fermo; come voi sapete che fece Annibale che, essendo rinchiuso da Fabio Massimo, pose di notte facelline accese tra le corna di molti buoi, tanto che Fabio, sospeso da questa novità, non pensò impedirgli altrimenti il passo. Debbe uno capitano, tra tutte l'altre sue azioni, con ogni arte ingegnarsi di dividere le forze del nimico, o col fargli sospetti i suoi uomini ne' quali confida, o con dargli cagione ch'egli abbia a separare le sue genti e, per questo, diventare più debole. Il primo modo si fa col riguardare le cose di alcuno di quegli ch'egli ha appresso, come è conservare nella guerra le sue genti e le sue possessioni, rendendogli i figliuoli o altri suoi necessari sanza taglia. Voi sapete che Annibale, avendo abbruciato intorno a Roma tutti i campi, fece solo restare salvi quegli di Fabio Massimo. Sapete come Coriolano, venendo con l'esercito a Roma, conservò le possessioni dei nobili e quelle della plebe arse e saccheggiò. Metello, avendo lo esercito contro a Iugurta, tutti gli oratori che da Iugurta gli erano mandati, erano richiesti da lui che gli dessono Iugurta prigione: e a quegli medesimi scrivendo di poi della medesima materia lettere, operò in modo che in poco tempo Iugurta insospettì di tutti i suoi consiglieri e in diversi modi gli spense. Essendo Annibale rifuggito ad Antioco, gli oratori romani lo praticarono tanto domesticamente, che Antioco, insospettito di lui, non prestò di poi più fede a' suoi consigli. Quanto al dividere le genti nimiche, non ci è il più certo modo che fare assaltare il paese di parte di quelle acciò che, essendo costrette andare a difendere quello, abbandonino la guerra. Questo modo tenne Fabio, avendo all'incontro del suo esercito le forze de' Franzesi, de' Toscani, Umbri e Sanniti. Tito Didio, avendo poche genti rispetto a quelle de' nimici e aspettando una legione da Roma e volendo i nimici ire ad incontrarla, acciò non vi andassero, dette voce per tutto il suo esercito di volere l'altro giorno fare giornata co' nimici; di poi tenne modi che alcuni de' prigioni ch'egli aveva, ebbono occasione di fuggirsi; i quali, referendo l'ordine del consolo di combattere l'altro giorno fecero che i nimici, per non diminuire le loro forze, non andarono ad incontrare quella legione; e per questa via si condusse salva; il quale modo non servì a dividere le forze de' nimici, ma a duplicare le sue. Hanno usato alcuni, per dividere le sue forze, lasciarlo entrare nel paese suo e, in pruova, lasciatogli pigliare di molte terre, acciò che, mettendo, in quelle, guardie diminuisca le sue forze; e per questa via avendolo fatto debole, assaltatolo e vinto. Alcuni altri, volendo andare in una provincia, hanno finto di volerne assaltare un'altra e usata tanta industria che, subito entrati in quella dove e' non si dubitava ch'egli entrassono, l'hanno prima vinta che 'l nimico sia stato a tempo a soccorrerla. Perché il nimico tuo, non essendo certo se tu se' per tornare indietro al luogo prima da te minacciato, è costretto non abbandonare l'uno luogo e soccorrere l'altro; e così spesso non difende né l'uno né l'altro. Importa, oltre alle cose dette, a uno capitano, se nasce sedizione o discordia tra' soldati, saperle con arte spegnere. Il migliore modo è gastigare i capi degli errori; ma farlo in modo che tu gli abbia prima oppressi che essi se ne sieno potuti accorgere. Il modo è: se sono discosto da te, non chiamare solo i nocenti, ma insieme con loro tutti gli altri, acciò che, non credendo che sia per cagione di punirgli, non diventino contumaci, ma dieno commodità alla punizione. Quando sieno presenti, si dee farsi forte con quegli che non sono in colpa, e, mediante lo aiuto loro, punirgli. Quando ella fusse discordia tra loro, il migliore modo è presentargli al pericolo, la quale paura gli suole sempre rendere uniti. Ma quello che sopra ogni altra cosa tiene lo esercito unito, è la reputazione del capitano, la quale solamente nasce dalla virtù sua, perché né sangue né autorità la dette mai sanza la virtù. E la prima cosa che a uno capitano si aspetta a fare, è tenere i suoi soldati puniti e pagati; perché, qualunque volta manca il pagamento, conviene che manchi la punizione; perché tu non puoi gastigare uno soldato che rubi, se tu non lo paghi, né quello, volendo vivere, si può astenere dal rubare. Ma se tu lo paghi e non lo punisci, diventa in ogni modo insolente, perché tu diventi di poca stima, dove chi capita non può mantenere la dignità del suo grado; e non lo mantenendo, ne seguita di necessità il tumulto e le discordie, che sono la rovina d'uno esercito. Avevano gli antichi capitani una molestia della quale i presenti ne sono quasi liberi, la quale era di interpretare a loro proposito gli auguri sinistri; perché se cadeva una saetta in uno esercito, s'egli scurava il sole o la luna, se veniva un tremuoto, se il capitano o nel montare o nello scendere da cavallo cadeva, era da' soldati interpretato sinistramente, e generava in loro tanta paura che, venendo alla giornata, facilmente l'arebbero perduta. E però gli antichi capitani, tosto che uno simile accidente nasceva, o e' mostravano la cagione di esso e lo riducevano a cagione naturale, o e' l'interpretavano a loro proposito. Cesare, cadendo in Affrica nello uscire di nave, disse: - Affrica io t'ho presa. - E molti hanno renduto la cagione dello oscurare della luna e de' tremuoti; le quali cose ne' tempi nostri non possono accadere, sì per non essere i nostri uomini tanto superstiziosi, sì perché la nostra religione rimuove in tutto da sé tali opinioni. Pure, quando egli occorresse, si dee imitare gli ordini degli antichi. Quando o fame o altra naturale necessità o umana passione ha condotto il nimico tuo ad una ultima disperazione e, cacciato da quella, venga a combattere teco, dèi starti dentro a' tuoi alloggiamenti e, quanto è in tuo potere, fuggire la zuffa. Così fecero i Lacedemoni contro a' Messeni, così fece Cesare contro ad Afranio e Petreio. Essendo Fulvio consolo contro a' Cimbri, fece molti giorni continui alla sua cavalleria assaltare i nimici, e considerò come quegli uscivano degli alloggiamenti per seguitargli; donde che quello pose uno agguato dietro agli alloggiamenti de' Cimbri e, fattigli assaltare da' cavagli e i Cimbri uscendo degli alloggiamenti per seguitargli, Fulvio gli occupò e saccheggiogli. È stato di grande utilità ad alcuno capitano, avendo l'esercito propinquo all'esercito nimico, mandare le sue genti con le insegne nimiche a rubare ed ardere il suo paese proprio; donde che i nimici hanno creduto che sieno genti che vengano loro in aiuto, e sono ancora essi corsi ad aiutare far loro la preda, e per questo disordinatisi, e dato facultà allo avversario loro di vincergli. Questo termine usò Alessandro di Epiro combattendo contra agli Illirici e Leptene siracusano contra a' Cartaginesi; ed all'uno ed all'altro riuscì il disegno facilmente. Molti hanno vinto il nimico, dando a quello facultà di mangiare e bere fuora di modo, simulando di avere paura e lasciando gli alloggiamenti suoi pieni di vino e di armenti; de' quali, sendosi ripieno il nimico sopra ogni uso naturale lo hanno assaltato e, con suo danno, vinto. Così fece Tamiri contra a Ciro e Tiberio Gracco contra agli Spagnuoli. Alcuni hanno avvelenati i vini e l'altre cose da cibarsi per potere più facilmente vincergli. Io dissi poco fa come io non trovavo che gli antichi tenessero la notte ascolte fuora, e stimavo lo facessero per schifare i mali che ne poteva nascere; perché si truova che, non ch'altro, le velette che pongono il giorno a velettare il nimico, sono state cagioni della rovina di colui che ve le pose, perché molte volte è accaduto che, essendo state prese, è stato loro fatto fare per forza il cenno col quale avevano a chiamare i suoi; i quali al segno venendo, sono stati o morti o presi. Giova ad ingannare il nimico qualche volta variare una tua consuetudine; in su la quale fondandosi quello, ne rimane rovinato; come fece già uno capitano il quale, solendo far fare cenno a' suoi per la venuta de' nimici, la notte, col fuoco e, il dì, col fumo, comandò che sanza alcuna intermissione si facesse fumo e fuoco, e di poi, sopravvenendo il nimico, si restasse; il quale, credendo venire sanza essere visto, non veggendo fare segni da essere scoperto, fece, per ire disordinato, più facile la vittoria al suo avversario. Mennone Rodio, volendo trarre de' luoghi forti l'esercito nimico mandò uno, sotto colore di fuggitivo, il quale affermava come il suo esercito era in discordia e che la maggior parte di quello si partiva; e per dare fede alla cosa, fece fare in pruova certi tumulti tra gli alloggiamenti, donde che il nimico pensando di poterlo rompere, assaltandolo, fu rotto. Debbesi, oltre alle cose dette, avere riguardo di non condurre il nimico in ultima disperazione; a che ebbe riguardo Cesare combattendo co' Tedeschi; il quale aperse loro la via, veggendo come, non si potendo fuggire, la necessità gli faceva gagliardi; e volle più tosto la fatica di seguirgli quando essi fuggivano, che il pericolo di vincergli, quando si difendevano. Lucullo, veggendo come alcuni cavagli di Macedonia ch'erano seco, se ne andavano dalla parte nimica, subito fe' sonare a battaglia e comandò che l'altre genti li seguissono; donde i nimici, credendosi che Lucullo volesse appiccare la zuffa, andarono a urtare i Macedoni con tale impeto, che quegli furono costretti difendersi; e così diventarono contra a loro voglia di fuggitivi combattitori. Importa ancora il sapersi assicurare d'una terra, quando tu dubiti della sua fede, vinta che tu hai la giornata o prima, il che t'insegneranno alcuni esempli antichi. Pompeo, dubitando de' Catinensi li pregò che fussero contenti accettare alcuni infermi ch'egli aveva nel suo esercito; mandato, sotto abito di infermi, uomini robustissimi, occupò la terra. Publio Valerio, temendo della fede degli Epidauri, fece venire, come noi diremmo, un perdono a una chiesa fuora della terra, e, quando tutto il popolo era ito per la perdonanza, serrò le porte e di poi non ricevé dentro se non quegli di chi egli confidava. Alessandro Magno, volendo andare in Asia e assicurarsi di Tracia, ne menò seco tutti i principi di quella provincia, dando loro provvisione, e a' populari di Tracia prepose uomini vili; e così fece i principi contenti, pagandogli, e i popolari quieti, non avendo capi che gli inquietassono. Ma tra tutte le cose con le quali i capitani si guadagnano i popoli, sono gli esempli di castità e di giustizia; come fu quello di Scipione in Ispagna, quando egli rendé quella fanciulla di corpo bellissima al padre e al marito; la quale gli fece più che con l'armi guadagnare la Ispagna. Cesare, avendo fatto pagare quelle legne ch'egli aveva adoperato per fare lo steccato intorno al suo esercito in Francia, si guadagnò tanto nome di giusto, ch'egli si facilitò lo acquisto di quella provincia. Io non so che mi resti a parlare altro sopra questi accidenti; né ci resta sopra questa materia parte alcuna che non sia stata da noi disputata. Solo ci manca a dire del modo dello espugnare e difendere le terre; il che sono per fare volentieri, se già a voi non rincrescesse.

BATISTA La umanità vostra è tanta, ch'ella ci fa conseguire i disiderii nostri sanza avere paura di essere tenuti prosuntuosi; poiché voi liberamente ne offerite quello che noi ci saremmo vergognati di domandarvi. Però vi diciamo solo questo: che a noi non potete fare maggiore né più grato beneficio, che fornire questo ragionamento. Ma prima che passiate a quell'altra materia, solveteci uno dubbio: s'egli è meglio continuare la guerra ancora il verno, come si usa oggi, o farla solamente la state e ire alle stanze il verno, come gli antichi.

FABRIZIO Ecco, che se non fusse la prudenza del domandatore, egli rimaneva indietro una parte che merita considerazione. Io vi dico, di nuovo, che gli antichi facevano ogni cosa meglio e con maggiore prudenza di noi; e se nelle altre cose si fa qualche errore, nelle cose della guerra si fanno tutti. Non è cosa più imprudente o più pericolosa a uno capitano, che fare la guerra il verno, e molto più pericolo porta colui che la fa che quello che l'aspetta. La ragione è questa: tutta la industria che si usa nella disciplina militare, si usa per essere ordinato a fare una giornata col tuo nimico, perché questo è il fine al quale ha ad ire uno capitano, perché la giornata ti dà vinta la guerra o perduta. Chi sa adunque meglio ordinarla; chi ha lo esercito suo meglio disciplinato, ha più vantaggio in questa e più può sperare di vincerla. Dall'altro canto non è cosa più nimica degli ordini, che sono i siti aspri o i tempi freddi e acquosi; perché il sito aspro non ti lascia distendere le tue copie secondo la disciplina, i tempi freddi e acquosi non ti lasciano tenere le genti insieme, né ti puoi unito presentare al nimico, ma ti conviene alloggiare disiunto di necessità e sanza ordine avendo ad ubbidire a' castegli, a' borghi e alle ville che ti ricevano, in maniera che tutta quella fatica da te usata per disciplinare il tuo esercito è vana. Né vi maravigliate se oggi guerreggiano il verno; perché, essendo gli eserciti sanza la disciplina, non conoscono il danno che fa loro il non alloggiare uniti, perché non dà loro noia non potere tenere quegli ordini e osservare quella disciplina che non hanno. Pure e' doverrebbono vedere di quanti danni è stato cagione il campeggiare la vernata, e ricordarsi come i Franzesi, l'anno millecinquecentotre, furono rotti in sul Garigliano dal verno e non dagli Spagnuoli. Perché, come io vi ho detto, chi assalta ha ancora più disavvantaggio; perché il mal tempo l'offende più, essendo in casa altri e volendo fare la guerra; onde è necessitato, o, per stare insieme, sostenere la incommodità dell'acqua e del freddo, o, per fuggirla, dividere le genti. Ma colui che aspetta può eleggere il luogo a suo modo e aspettarla con le sue genti fresche; e quelle può, in uno subito unire ed andare a trovare una banda delle genti nimiche, le quali non possono resistere all'impeto loro. Così furono rotti i Franzesi, e così sempre fieno rotti coloro che assalteranno la vernata uno nimico che abbia in sé prudenza. Chi vuole adunque che le forze, gli ordini, le discipline e la virtù in alcuna parte non gli vaglia, faccia guerra alla campagna il verno. E perché i Romani volevano che tutte queste cose in che eglino mettevano tanta industria valessono loro, fuggivano non altrimenti le vernate, che l'alpi aspre e i luoghi difficili e qualunque altra cosa gli impedisse a potere mostrare l'arte e la virtù loro. Sì che questo basti alla domanda vostra, e vegnamo a trattare della difesa ed offesa delle terre e de' siti e della edificazione loro.

LIBRO SETTIMO

Voi dovete sapere come le terre e le rocche possono essere forti o per natura o per industria. Per natura sono forti quelle che sono circundate da fiumi o da paludi, come è Mantova e Ferrara, o che sono poste sopra uno scoglio o sopra uno monte erto, come Monaco e Santo Leo; perché quelle poste sopra a' monti, che non sieno molto difficili a salirgli, sono oggi, rispetto alle artiglierie e le cave, debolissime. E però, il più delle volte nello edificare si cerca oggi uno piano, per farlo forte con la industria. La prima industria è fare le mura ritorte e piene di volture e di ricetti; la quale cosa fa che 'l nimico non si può accostare a quelle, potendo facilmente essere ferito non solamente a fronte, ma per fianco. Se le mura si fanno alte, sono troppo esposte a' colpi dell'artiglieria; s'elle si fanno basse, sono facili a scalare. Se tu fai i fossi innanzi a quelle per dare difficultà alle scale, se avviene che il nimico gli riempia (il che può uno grosso esercito fare facilmente) resta il muro in preda del nimico. Pertanto io credo, salvo sempre migliore giudicio, che a volere provvedere all'uno e all'altro inconveniente, si debba fare il muro alto e con fossi di dentro e non di fuora. Questo è il più forte modo di edificare che si faccia, perché ti difende dall'artiglierie e dalle scale, e non da facilità al nimico di riempiere il fosso. Debbe essere adunque il muro alto di quale altezza vi occorre maggiore, e grosso non meno di tre braccia, per rendere più difficile il farlo rovinare. Debbe avere poste le torri con gli intervalli di dugento braccia; debbe il fosso dentro essere largo almeno trenta braccia e fondo dodici; e tutta la terra che si cava per fare il fosso, sia gettata di verso la città, e sia sostenuta da uno muro che si parta dal fondo del fosso e vadia tanto alto sopra la terra che uno uomo si cuopra dietro a quello: la quale cosa farà la profondità del fosso maggiore. Nel fondo del fosso ogni dugento braccia vuole essere una casamatta che, con l'artiglierie, offenda qualunque scendesse in quello. L'artiglierie grosse che difendono la città, si pongano dietro al muro che chiude il fosso; perché, per difendere il muro davanti, sendo alto, non si possono adoperare commodamente altro che le minute o mezzane. Se il nimico ti viene a scalare, l'altezza del primo muro facilmente ti difende. Se viene con l'artiglierie, gli conviene prima battere il muro primo; ma battuto ch'egli è, perché la natura di tutto lo batterie è fare cadere il muro di verso la parte battuta, viene la rovina del muro, non trovando fosso che la riceva e nasconda, a raddoppiare la profondità del fosso; in modo che passare più innanzi non ti è possibile, per trovare una rovina che ti ritiene, uno fosso che ti impedisce e l'artiglierie nimiche che dal muro del fosso sicuramente ti ammazzano. Solo vi è questo rimedio: riempiere il fosso; il che è difficilissimo, sì perché la capacità sua è grande, sì per la difficultà che è nello accostarvisi, essendo le mura sinuose e concave; tra le quali, per le ragioni dette, con difficultà si può entrare, e di poi avendo a salire con la materia su per una rovina che ti dà difficultà grandissima; tanto che io fo una città così ordinata al tutto inespugnabile.

BATISTA Quando si facesse, oltre al fosso di dentro, ancora uno fosso di fuora, non sarebbe ella più forte?

FABRIZIO Sarebbe sanza dubbio, ma il ragionamento mio è, volendo fare uno fosso solo, ch'egli sta meglio dentro che fuora.

BATISTA Vorresti voi che ne' fossi fusse acqua, o gli ameresti asciutti?

FABRIZIO Le opinioni sono diverse; perché i fossi pieni d'acqua ti guardano dalle cave sutterranee, i fossi sanza acqua ti fanno più difficile il riempierli. Ma io considerato tutto, li farei sanza acqua, perché sono più sicuri; e si è visto di verno ghiacciare i fossi e fare facile la espugnazione di una città, come intervenne alla Mirandola, quando papa Iulio la campeggiava. E per guardarmi dalle cave, gli farei profondi tanto che chi volesse andare più sotto trovasse l'acqua. Le rocche ancora edificherei, quanto a' fossi e alle mura, in simile modo, acciò ch'elle avessero la simile difficultà a espugnarle. Una cosa bene voglio ricordare a chi difende le città: e questo è, che non facciano bastioni fuora e che sieno discosto dalle mura di quelle, ed un'altra a chi fabbrica le rocche: e questo è, che non faccia ridotto alcuno in quelle, nel quale chi vi è dentro, perduto il primo muro, si possa ritirare. Quello che mi fa dare il primo consiglio è che niuno debbe fare cosa mediante la quale, sanza rimedio, tu cominci a perdere la tua prima riputazione; la quale, perdendosi, fa stimare meno gli altri ordini tuoi e sbigottire coloro che hanno preso la tua difesa. E sempre t'interverrà questo che io dico, quando tu faccia bastioni fuora della terra che tu abbia a difendere; perché sempre gli perderai, non si potendo oggi le cose piccole difendere, quando che sieno sottoposte al furore delle artiglierie; in modo che, perdendoli, fieno principio e cagione della tua rovina. Genova, quando si ribellò dal re Luigi di Francia, fece alcuni bastioni su per quegli colli che gli sono d'intorno; i quali, come furono perduti (che si perderono subito) fecero ancora perdere la città. Quanto al consiglio secondo, affermo niuna cosa essere ad una rocca più pericolosa, che essere in quella ridotti da potersi ritirare; perché la speranza che gli uomini hanno, abbandonando uno luogo, fa che egli si perde, e quello perduto fa perdere poi tutta la rocca. Di esempio ci è fresco la perdita della rocca di Furlì, quando la contessa Caterina la difendeva contra a Cesare Borgia, figliuolo di papa Alessandro VI il quale vi aveva condotto l'esercito dei re di Francia. Era tutta quella fortezza piena di luoghi da ritirarsi dall'uno nell'altro; perché vi era prima la cittadella; da quella alla rocca era uno fosso, in modo che vi si passava per uno ponte levatoio; la rocca era partita in tre parti, e ogni parte era divisa con fossi e con acque dall'altra, e con ponti da quello luogo a quell'altro si passava. Donde che il duca batté con l'artiglieria una di quelle parti della rocca e aperse parte del muro; donde messer Giovanni da Casale, che era preposto a quella guardia, non pensò di difendere quella apertura, ma l'abbandonò per ritirarsi negli altri luoghi; tal che, entrate le genti del duca sanza contrasto in quella parte, in uno subito la presero tutta, perché diventarono signori de' ponti che andavano dall'uno membro all'altro. Perdessi adunque questa rocca, ch'era tenuta inespugnabile, per due difetti: l'uno per avere tanti ridotti, l'altro per non essere ciascuno ridotto signore de' ponti suoi. Fece, dunque, la mala edificata fortezza e la poca prudenza di chi la difendeva, vergogna alla magnanima impresa della contessa; la quale aveva avuto animo ad aspettare uno esercito, il quale né il re di Napoli né il duca di Milano aveva aspettato. E benché gli suoi sforzi non avessero buono fine, nondimeno ne riportò quello onore che aveva meritata la sua virtù. Il che fu testificato da molti epigrammi in quegli tempi in sua lode fatti. Se io avessi pertanto ad edificare rocche, io farei loro le mura gagliarde e i fossi nel modo abbiamo ragionato; né vi farei dentro altro che case per abitare, e quelle farei deboli e basse di modo ch'elle non impedissero, a chi stesse nel mezzo della piazza, la vista di tutte le mura, acciò che il capitano potesse vedere con l'occhio dove potesse soccorrere e che ciascuno intendesse che perdute le mura e il fosso, fusse perduta la rocca. E quando pure io vi facessi alcuno ridotto, farei i ponti divisi in tal modo che ciascuna parte fusse signore de' ponti dalla banda sua, ordinando che battessero in su' pilastri nel mezzo del fosso.

BATISTA Voi avete detto che le cose piccole oggi non si possono difendere; ed egli mi pareva avere inteso al contrario: che quanto minore era una cosa, meglio si difendeva.

FABRIZIO Voi non avevi inteso bene; perché egli non si può chiamare oggi forte quello luogo dove, chi lo difende non abbia spazio da ritirarsi con nuovi fossi e con nuovi ripari; perché egli è tanto il furore delle artiglierie, che quello che si fonda in su la guardia d'uno muro e d'uno riparo solo, s'inganna; e perché i bastioni, volendo che non passino la misura ordinaria loro, perché poi sarebbono terre e castella, non si fanno in modo che altri si possa ritirare, si perdono subito. È adunque savio partito lasciare stare questi bastioni di fuora e fortificare l'entrate delle terre e coprire le porte di quelle con rivellini, in modo che non si entri o esca della porta per linea retta, e dal rivellino alla porta sia uno fosso con uno ponte. Affortificansi ancora le porte con le saracinesche, per potere mettere dentro i suoi uomini quando sono usciti fuora a combattere e occorrendo che i nimici gli caccino, ovviare che alla mescolata non entrino dentro con loro. E però sono trovate queste, le quali gli antichi chiamano cateratte, le quali, calandosi, escludono i nimici e salvono gli amici; perché in tale caso altri non si può valere né de' ponti né della porta, sendo l'uno e l'altra occupata dalla calca.

BATISTA Io ho vedute queste saracinesche che voi dite, fatte nella Magna di travette in forma d'una graticola di ferro, e queste nostre sono fatte di panconi tutte massicce. Disidererei intendere donde nasca questa differenza e quali sieno più gagliarde.

FABRIZIO Io vi dico di nuovo che i modi e ordini della guerra in tutto il mondo, rispetto a quegli degli antichi, sono spenti; ma in Italia sono al tutto perduti; e se ci è cosa un poco più gagliarda, nasce dallo esemplo degli oltramontani. Voi potete avere inteso, e quest'altri se ne possono ricordare, con quanta debolezza si edificava innanzi che il re Carlo di Francia nel mille quattrocento novantaquattro passasse in Italia. I merli si facevano sottili un mezzo braccio, le balestriere e le bombardiere si facevano con poca apertura di fuora e con assai dentro, e con molti altri difetti che, per non essere tedioso, lascerò; perché da' merli sottili facilmente si lievano le difese, e le bombardiere edificate in quel modo facilmente si aprono. Ora da' Franciosi si è imparato a fare il merlo largo e grosso, e che ancora le bombardiere sieno larghe dalla parte di dentro e ristringano infino alla metà del muro e poi, di nuovo, rallarghino infino alla corteccia di fuora; questo fa che l'artiglieria con fatica può levare le difese. Hanno pertanto i Franciosi, come questi, molti altri ordini i quali, per non essere stati veduti da' nostri, non sono stati considerati. Tra' quali è questo modo di saracinesche fatte ad uso di graticola, il quale è di gran lunga migliore modo che il vostro; perché, se voi avete per riparo d'una porta una saracinesca soda come la vostra, calandola, voi vi serrate dentro e non potete per quella offendere il nimico; talmente che quello con scure o con fuoco la può combattere sicuramente. Ma s'ella è fatta ad uso di graticola, potete, calata ch'ella è, per quelle maglie e per quegli intervalli difenderla con lance, con balestre e con ogni altra generazione d'armi.

BATISTA Io ho veduto in Italia un altra usanza oltramontana, e questo è fare i carri delle artiglierie co' razzi delle ruote torti verso i poli. Io vorrei sapere perché gli fanno così, parendomi che sieno più forti diritti, come quegli delle ruote nostre.

FABRIZIO Non crediate mai che le cose che si partono da modi ordinarii sieno fatte a caso; e se voi credessi che gli facessero così per essere più begli, voi erreresti, perché dove è necessaria la fortezza, non si fa conto della bellezza, ma tutto nasce perché sono assai più sicuri e più gagliardi che i vostri. La ragione è questa: il carro, quando egli è carico, o e' va pari, o e' pende sopra il destro o sopra il sinistro lato. Quando egli va pari, le ruote parimente sostengono il peso, il quale, sendo diviso ugualmente tra loro, non le aggrava molto, ma, pendendo, viene ad avere tutto il pondo del carro addosso a quella ruota, sopra la quale egli pende. Se i razzi di quella sono diritti, possono facilmente fiaccarsi, perché, pendendo la ruota, vengono i razzi a pendere ancora loro e a non sostenere il peso per il ritto. E così quando il carro va pari e quando eglino hanno meno peso, vengono ad essere più forti; quando il carro va torto e che vengono ad avere più peso, e' sono più deboli. Al contrario appunto interviene a' razzi torti de' carri franciosi; perché, quando il carro, pendendo sopra una banda, ponta sopra di loro, per essere ordinariamente torti, vengono allora ad essere diritti e potere sostenere gagliardamente tutto il peso; che quando il carro va pari e che sono torti lo sostengono mezzo. Ma torniamo alle nostre città e rocche. Usano ancora i Franciosi, per più sicurtà delle porte delle terre loro e per potere nelle ossidioni più facilmente mettere e trarre genti di quelle, oltre alle cose dette, un altro ordine, del quale io non ne ho veduto ancora in Italia alcuno esemplo; e questo è che rizzano dalla punta di fuora del ponte levatoio due pilastri, e sopra ciascuno di quegli bilicono una trave; in modo che le metà di quelle vengano sopra il ponte, l'altre metà di fuora. Di poi tutta quella parte che viene di fuora congiungono con travette, le quali tessono dall'una trave all'altra ad uso di graticola, e dalla parte di dentro appiccano alla punta di ciascuna trave una catena. Quando vogliono adunque chiudere il ponte dalla parte di fuora, eglino allentano le catene e lasciano calare tutta quella parte ingraticolata la quale, abbassandosi, chiude il ponte; e quando lo vogliono aprire, tirano le catene, e quella si viene ad alzare; e puossi alzare tanto che vi passi sotto uno uomo e non uno cavallo, e tanto che vi passi il cavallo e l'uomo, e chiuderla ancora affatto, perch'ella si abbassa ed alza come una ventiera di merlo. Questo ordine è più sicuro che la saracinesca, perché difficilmente può essere dal nimico impedito in modo che non cali, non calando per una linea retta come la saracinesca, che facilmente si può puntellare. Deono adunque coloro che vogliono fare una città, fare ordinare tutte le cose dette; e di più si vorrebbe, almeno uno miglio intorno alle mura, non vi lasciare né cultivare, né murare, ma fusse tutta campagna dove non fusse né macchia, né argine, né arbori, né casa che impedisse la vista e che facesse spalle al nimico che si accampa. E notate che una terra che abbia i fossi di fuora con gli argini più alti che il terreno, è debolissima; perché quegli fanno riparo al nimico che ti assalta e non gli impediscono l'offenderti, perché facilmente si possono aprire e dare luogo alle artiglierie di quello. Ma passiamo dentro nella terra. Io non voglio perdere molto tempo in mostrarvi come, oltre alle cose predette, conviene avere munizioni da vivere e da combattere, perché sono cose che ciascuno se le intende e, sanza esse, ogni altro provvedimento è vano. E generalmente si dee fare due cose: provvedere sé e tòrre commodità al nimico di valersi delle cose del tuo paese. Però gli strami, il bestiame, il frumento che tu non puoi ricevere in casa, si dee corrompere. Debbe ancora, chi difende una terra, provvedere che tumultuariamente e disordinatamente non si faccia alcuna cosa, e tenere modi che in ogni accidente ciascuno sappia quello abbia a fare. Il modo è questo: che le donne, i vecchi, i fanciugli e i deboli si stieno in casa e lascino la terra libera a' giovani e gagliardi; i quali armati si distribuiscano alla difesa, stando parte di quegli alle mura, parte alle porti, parte ne' luoghi principali della città, per rimediare a quegli inconvenienti che potessero nascere dentro; un'altra parte non sia obligata ad alcuno luogo, ma sia apparecchiata a soccorrere a tutti, richiedendolo il bisogno. Ed essendo le cose ordinate così, possono con difficultà nascere tumulti che ti disordinino. Ancora voglio che notiate questo nelle offese e difese delle città: che niuna cosa dà tanta speranza al nimico di potere occupare una terra, quanto il sapere che quella non è consueta a vedere il nimico; perché molte volte, per la paura solamente, sanza altra esperienza di forze, le città si perdono. Però debbe uno, quando egli assalta una città simile, fare tutte le sue ostentazioni terribili. Dall'altra parte chi è assaltato debba preporre, da quella parte che il nimico combatte uomini forti e che non gli spaventi l'opinione ma l'arme; perché se la prima pruova torna vana, cresce animo agli assediati, e di poi il nimico è forzato a superare chi è dentro con la virtù e non con la reputazione. Gli instrumenti co' quali gli antichi difendevano le terre erano molti, come baliste, onagri, scorpioni, arcubaliste, fustibali, funde; ed ancora erano molti quegli co' quali le assaltavano, come arieti, torri, musculi, plutei, vinee, falci, testudini. In cambio delle quali cose sono oggi l'artiglierie, le quali servono a chi offende e a chi si difende; e però io non ne parlerò altrimenti. Ma torniamo al ragionamento nostro, e vegnamo alle offese particolari. Debbesi avere cura di non potere essere preso per fame e di non essere sforzato per assalti. Quanto alla fame, si è detto che bisogna, prima che la ossidione venga, essersi munito bene di viveri. Ma quando ne manca per la ossidione lunga, si è veduto usare qualche volta qualche modo estraordinario ad essere provvisto dagli amici che ti vorrebbero salvare, massime se per il mezzo della città assediata corre uno fiume, come ferno i Romani essendo assediato Casalino loro castello da Annibale, che, non potendo per il fiume mandare loro altro, gittorno in quello gran quantità di noci, le quali, portate dal fiume sanza potere essere impedite, ciborno più tempo i Casalinesi. Alcuni assediati, per mostrare al nimico che gli avanza loro grano e per farlo disperare che non possa per fame assediargli, hanno o gittato pane fuora delle mura, o dato mangiare grano ad uno giovenco, e quello di poi lasciato pigliare, acciò che, morto e trovatolo pieno di grano, mostri quella abbondanza che non hanno. Dall'altra parte, i capitani eccellenti hanno usato vari termini per affamare il nimico. Fabio lasciò seminare a' Campani, acciò che mancassero di quel frumento che seminavano. Dionisio, essendo a campo a Reggio, finse di volere fare con loro accordo, e durante la pratica si faceva provvedere da vivere, e quando poi gli ebbe per questo modo voti di frumento, gli ristrinse ed affamogli. Alessandro Magno, volendo espugnare Leucadia, espugnò tutti i castegli allo intorno, e gli uomini di quegli lasciò rifuggire in quella; e così, sopravvenendo assai moltitudine, l'affamò. Quanto agli assalti, si è detto che altri si debbe guardare dal primo impeto, col quale i Romani occuparono molte volte di molte terre, assaltandole ad un tratto e da ogni parte, e chiamavanlo «Aggredi urbem corona», come fece Scipione quando occupò Cartagine Nuova in Ispagna. Il quale impeto se si sostiene, con difficultà sei poi superato. E se pure egli occorresse che il nimico fusse entrato dentro nella città per avere sforzate le mura, ancora i terrazzani vi hanno qualche rimedio, se non si abbandonano; perché molti eserciti sono, poi che sono entrati in una terra, stati o ributtati o morti. Il rimedio è che i terrazzani si mantengano ne' luoghi alti e dalle case e dalle torri gli combattano. La quale cosa coloro che sono entrati nelle città si sono ingegnati vincere in due modi: l'uno, con aprire le porte della città e fare la via a' terrazzani che securamente si possano fuggire; l'altro, col mandare fuora una voce che significhi che non si offenda se non gli armati, e a chi getta l'armi in terra si perdoni. La quale cosa ha renduta facile la vittoria di molte città. Sono facili, oltre a questo, le città ad espugnarle, se tu giugni loro addosso improvisto; il che si fa, trovandosi con lo esercito discosto, in modo che non si creda o che tu le voglia assaltare, o che tu possa farlo sanza che si presenta per la distanza del luogo. Donde che se tu secretamente e sollecitamente le assalti, quasi sempre ti succederà di riportarne la vittoria. Io ragiono male volentieri delle cose successe de' nostri tempi, perché di me e de' miei mi sarebbe carico a ragionare; d'altri non saprei che mi dire. Nondimeno non posso a questo proposito non addurre lo esemplo di Cesare Borgia, chiamato duca Valentino; il quale, trovandosi a Nocera con le sue genti, sotto colore di andare a' danni di Camerino si volse verso lo stato d'Urbino, ed occupò uno stato in uno giorno e sanza alcuna fatica, il quale un altro con assai tempo e spesa non arebbe appena occupato. Conviene ancora, a quegli che sono assediati, guardarsi dagli inganni e dalle astuzie del nimico; e però non si deono fidare gli assediati d'alcuna cosa che veggano fare al nimico continuamente, ma credano sempre che vi sia sotto lo inganno e che possa a loro danno variare. Domizio Calvino, assediando una terra, prese per consuetudine di circuire ogni giorno, con buona parte delle sue genti, le mura di quella. Donde credendo i terrazzani lo facesse per esercizio, allentarono le guardie; di che accortosi Domizio, gli assaltò ed espugnogli. Alcuni capitani, avendo presentito che doveva venire aiuto agli assediati, hanno vestiti loro soldati sotto le insegne di quegli che dovevano venire, ed essendo stati intromessi hanno occupato la terra. Cimone ateniese messe fuoco una notte in uno tempio che era fuora della terra, onde i terrazzani, andando a soccorrerlo, lasciarono in preda la terra al nimico. Alcuni hanno morti quegli che del castello assediato vanno a saccomanno e rivestiti i suoi soldati con la veste de' saccomanni; i quali di poi gli hanno dato la terra. Hanno ancora usato gli antichi capitani vari termini da spogliare di guardie le terre che vogliono pigliare. Scipione, sendo in Affrica e desiderando occupare alcuni castegli ne' quali erano messe guardie da' Cartaginesi, finse più volte di volergli assaltare, ma poi per paura non solamente astenersi, ma discostarsi da quegli. Il che credendo Annibale essere vero, per seguirlo con maggiore forze e per potere più facilmente opprimerlo, trasse tutte le guardie di quegli; il che Scipione conosciuto, mandò Massinissa suo capitano ad espugnargli. Pirro, faccendo guerra in Schiavonia ad una città capo di quello paese, dove era ridotta assai gente in guardia, finse di essere disperato di poterla espugnare e, voltatosi agli altri luoghi, fece che quella per soccorrergli si votò di guardie e diventò facile ad essere sforzata. Hanno molti corrotte l'acque e derivati i fiumi per pigliare le terre, ancora che di poi non riuscisse. Fannosi facili ancora gli assediati ad arrendersi, spaventandogli con significare loro una vittoria avuta o nuovi aiuti che vengano in loro disfavore. Hanno cerco gli antichi capitani occupare le terre per tradimento, corrompendo alcuno di dentro; ma hanno tenuti diversi modi. Alcuno ha mandato uno suo che, sotto nome di fuggitivo, prenda autorità e fede co' nimici, la quale di poi usi in benificio suo. Alcuno per questo mezzo ha inteso il modo delle guardie e, mediante quella notizia, presa la terra. Alcuno ha impedito la porta, ch'ella non si possa serrare, con uno carro e con travi sotto qualche colore, e per questo modo fatto l'entrare facile al nimico. Annibale persuase ad uno che gli desse uno castello de' Romani e che fingesse di andare a caccia la notte, mostrando non potere andare di giorno per paura de' nimici, e, tornando di poi con la cacciagione, mettesse dentro con seco de' suoi uomini e, ammazzata la guardia, gli desse la porta. Ingannansi ancora gli assediati col tirargli fuora della terra e discostargli da quella, mostrando, quando essi ti assaltano, di fuggire. E molti, tra' quali fu Annibale, hanno non ch'altro, lasciatosi tòrre gli alloggiamenti per avere occasione di mettergli in mezzo e tòrre loro la terra. Ingannansi ancora col fingere di partirsi, come fece Formione ateniese; il quale, avendo predato il paese de' Calcidensi, ricevé di poi i loro ambasciadori, riempiendo la loro città di sicurtà e di buone promesse sotto le quali, come uomini poco cauti, furono poco di poi da Formione oppressi. Debbonsi gli assediati guardare dagli uomini che egli hanno fra loro sospetti; ma qualche volta si suole così assicurarsene col merito come con la pena. Marcello, conoscendo come Lucio Banzio Nolano era volto a favorire Annibale, tanta umanità e liberalità usò verso di lui, che di nimico se lo fece amicissimo. Deono gli assediati usare più diligenza nelle guardie, quando il nimico si è discostato, che quando egli è propinquo; e deono guardare meglio quegli luoghi i quali pensano che possano essere offesi meno; perché si sono perdute assai terre quando il nimico le assalta da quella parte donde essi non credono essere assaltati. E questo inganno nasce da due cagioni: o per essere il luogo forte e credere che sia inaccessibile, o per essere usata arte dal nimico di assaltargli da uno lato, con romori finti e, dall'altro, taciti e con assalti veri. E però deono gli assediati avere a questo grande avvertenza, e sopra tutto d'ogni tempo, e massime la notte, fare buone guardie alle mura; e non solamente preporvi uomini, ma i cani, e torgli feroci e pronti, i quali col fiuto presentano il nimico e con lo abbaiare lo scuoprano. E non che i cani, si è trovato che l'oche hanno salvo una città, come intervenne a' Romani quando i Franzesi assediavano il Campidoglio. Alcibiade, per vedere se le guardie vigilavano, essendo assediata Atene dagli Spartani, ordinò che, quando la notte egli alzasse uno lume, tutte le guardie lo alzassero, constituendo pena a chi non lo osservasse. Ificrate ateniese ammazzò una guardia che dormiva, dicendo di averlo lasciato come l'aveva trovato. Hanno coloro che sono assediati tenuti vari modi a mandare avvisi agli amici loro; e per non mandare imbasciate a bocca, scrivono lettere in cifera e nascondonle in vari modi: le cifere sono secondo la volontà di chi l'ordina, il modo del nasconderle è vario. Chi ha scritto il fodero, dentro, d'una spada; altri hanno messe le lettere in uno pane crudo, e di poi cotto quello e datolo come per suo cibo a colui che le porta. Alcuni se le sono messe ne' luoghi più secreti del corpo. Altri le hanno messe in un collare d'uno cane che sia familiare di quello che le porta. Alcuni hanno scritto in una lettera cose ordinarie, e di poi, tra l'uno verso e l'altro, scritto con acque che, bagnandole e scaldandole, poi le lettere appariscano. Questo modo è stato astutissimamente osservato ne' nostri tempi; dove che, volendo alcuno significare cose da tenere secrete a' suoi amici che dentro a una terra abitavano, e non volendo fidarsi di persona, mandava scomuniche scritte secondo la consuetudine ed interlineate, come io dico di sopra, e quelle faceva alle porte de' templi suspendere; le quali conosciute da quegli che per gli contrassegni le conoscevano, erano spiccate e lette. Il quale modo è cautissimo, perché chi le porta vi può esser ingannato e non vi corre alcun pericolo. Sono infiniti altri modi che ciascuno per sé medesimo può fingere e trovare. Ma con più facilità si scrive agli assediati, che gli assediati agli amici di fuora, perché tali lettere non le possono mandare, se non per uno che sotto ombra di fuggitivo esca della terra; il che è cosa dubbia e pericolosa quando il nimico è punto cauto. Ma quelli che mandono dentro, può quello che è mandato, sotto molti colori andare nel campo che assedia, e di quivi, presa conveniente occasione, saltare nella terra. Ma vegnamo a parlare delle presenti espugnazioni; e dico che s'egli occorre che tu sia combattuto nella tua città, che non sia ordinata co' fossi dalla parte di dentro, come poco fa dimostrammo, a volere che il nimico non entri per le rotture del muro che l'artiglieria fa (perché alla rottura ch'ella non si faccia non è rimedio), ti è necessario, mentre che l'artiglieria batte, muovere uno fosso dentro al muro che è percosso, largo almeno trenta braccia, e gittare tutto quello che si cava di verso la terra, che faccia argine e più profondo il fosso; e ti conviene sollecitare questa opera in modo che, quando il muro caggia, il fosso sia cavato almeno cinque o sei braccia. Il quale fosso è necessario, mentre che si cava, chiudere da ogni fianco con una casamatta. E quando il muro è sì gagliardo che ti dia tempo a fare il fosso e le casematte, viene ad essere più forte quella parte battuta che il resto della città; perché tale riparo viene ad avere la forma che noi demmo a' fossi di dentro. Ma quando il muro è debole e che non ti dia tempo, allora è che bisogna mostrare la virtù, ed opporvisi con le genti armate e con tutte le forze tue. Questo modo di riparare fu osservato da' Pisani, quando voi vi andavi a campo; e poterono farlo, perché avevano le mura gagliarde, che davano loro tempo, e il terreno tenace e attissimo a rizzare argini e fare ripari. Che se fussono mancati di questa commodità, si sarebbero perduti. Pertanto si farà sempre prudentemente a provvedersi prima, faccendo i fossi dentro alla sua città e per tutto il suo circuito, come poco fa divisammo, perché in questo caso si aspetta ozioso e sicuro il nimico, essendo i ripari fatti. Occupavano gli antichi molte volte le terre con le cave sutterranee in due modi: o e' facevano una via sotterra segretamente che riusciva nella terra, e per quella entravano (nel quale modo i Romani presono la città de' Veienti) o con le cave scalzavano uno muro e facevanlo rovinare. Questo ultimo modo è oggi più gagliardo e fa che le città poste alto sieno più deboli, perché si possono meglio cavare; e mettendo di poi nelle cave di quella polvere che in istante si accende, non solamente rovina uno muro, ma i monti si aprono e le fortezze tutte in più parti si dissolvono. Il rimedio a questo è edificare in piano e fare il fosso che cigne la tua città tanto profondo, che il nimico non possa cavare più basso di quello che non trovi l'acqua, la quale è solamente nimica di queste cave. E se pure ti truovi con la terra che tu difendi in poggio, non puoi rimediarvi con altro che fare dentro alle tue mura assai pozzi profondi, i quali sono come sfogatoi a quelle cave che il nimico ti potesse ordinare contra. Un altro rimedio è fargli una cava all'incontro, quando ti accorgessi donde quello cavasse; il quale modo facilmente lo impedisce, ma difficilmente si prevede, essendo assediato da uno nimico cauto. Deve sopra tutto avere cura, quello che è assediato, di non essere oppresso ne' tempi del riposo, come è dopo una battaglia avuta, dopo le guardie fatte, che è la mattina al fare del giorno, la sera tra dì e notte, e sopra tutto quando si mangia; nel quale tempo molte terre sono espugnate e molti eserciti sono stati da quegli di dentro rovinati. Però si debbe con diligenza da ogni parte stare sempre guardato e in buona parte armato. Io non voglio mancare di dirvi come quello che fa difficile il difendere una città o uno alloggiamento è lo avere a tenere disunite tutte le forze che tu hai in quegli; perché, potendoti il nimico assalire a sua posta tutto insieme da qualunque banda, ti conviene tenere ogni luogo guardato; e così quello ti assalta con tutte le forze e tu con parte di quelle ti difendi. Può ancora lo assediato essere vinto in tutto, quello di fuora non può essere se non ributtato; onde che molti che sono stati assediati o nello alloggiamento o in una terra, ancora che inferiori di forze sono usciti con tutte le loro genti ad un tratto fuora e hanno superato il nimico. Questo fece Marcello a Nola; questo fece Cesare in Francia, che, essendogli assaltati gli alloggiamenti da uno numero grandissimo di Franzesi e veggendo non gli potere difendere per avere a dividere le sue forze in più parti, e non potere, stando dentro agli steccati, con empito urtare il nimico, aperse da una banda lo alloggiamento, e, rivoltosi in quella parte con tutte le forze, fece tanto impeto loro contra e con tanta virtù che gli superò e vinse. La costanza ancora degli assediati fa molte volte disperare e sbigottire coloro che assediano. Essendo Pompeo a fronte di Cesare e patendo assai l'esercito Cesariano per la fame, fu portato del suo pane a Pompeo; il quale vedendo fatto di erbe comandò che non si mostrasse al suo esercito per non lo fare sbigottire, vedendo quali nimici aveva all'incontro. Niuna cosa fece tanto onore a' Romani nella guerra di Annibale quanto la costanza loro, perché in qualunque più nimica e avversa fortuna mai non domandorono pace, mai fecero alcun segno di timore; anzi, quando Annibale era allo intorno di Roma, si venderono quegli campi dove egli aveva posti i suoi alloggiamenti, più pregio che per l'ordinario per altri tempi venduti non si sarebbono; e stettero in tanto ostinati nelle imprese loro, che, per difendere Roma, non vollero levare le offese da Capua, la quale, in quel medesimo tempo che Roma era assediata, i Romani assediavano. Io so che io vi ho detto di molte cose le quali per voi medesimi avete potuto intendere e considerare; nondimeno l'ho fatto, come oggi ancora vi dissi, per potervi mostrare, mediante quelle, meglio la qualità di questo esercizio e ancora per sodisfare a quegli, se alcuno ce ne fusse, che non avessero avuta quella commodità di intenderle che voi. Né mi pare che ci resti altro a dirvi che alcune regole generali, le quali voi averete familiarissime; che sono queste:

Quello che giova al nimico nuoce a te, e quel che giova a te nuoce al nimico.

Colui che sarà nella guerra più vigilante a osservare i disegni del nimico e più durerà fatica ad esercitare il suo esercito, in minori pericoli incorrerà e più potrà sperare della vittoria.

Non condurre mai a giornata i tuoi soldati, se prima non hai confermato l'animo loro e conosciutogli sanza paura e ordinati, né mai ne farai pruova, se non quando vedi ch'egli sperano di vincere.

Meglio è vincere il nimico con la fame che col ferro, nella vittoria del quale può molto più la fortuna che la virtù.

Niuno partito è migliore che quello che sta nascoso al nimico infino che tu lo abbia eseguito.

Sapere nella guerra conoscere l'occasione e pigliarla, giova più che niuna altra cosa.

La natura genera pochi uomini gagliardi; la industria e lo esercizio ne fa assai.

Può la disciplina nella guerra più che il furore.

Quando si partono alcuni dalla parte nimica per venire a' servizi tuoi, quando sieno fedeli vi sarà sempre grandi acquisti; perché le forze degli avversari più si minuiscono con la perdita di quegli che si fuggono, che di quegli che sono ammazzati, ancora che il nome de' fuggitivi sia a' nuovi amici sospetto, a' vecchi odioso.

Meglio è, nell'ordinare la giornata, riserbare dietro alla prima fronte assai aiuti, che, per fare la fronte maggiore, disperdere i suoi soldati.

Difficilmente è vinto colui che sa conoscere le forze sue e quelle del nimico.

Più vale la virtù de' soldati che la moltitudine; più giova alcuna volta il sito che la virtù.

Le cose nuove e subite sbigottiscono gli eserciti; le cose consuete e lente sono poco stimate da quegli; però farai al tuo esercito praticare e conoscere con piccole zuffe un nimico nuovo, prima che tu venga alla giornata con quello.

Colui che seguita con disordine il nimico poi ch'egli è rotto, non vuole fare altro che diventare, di vittorioso, perdente.

Quello che non prepara le vettovaglie necessarie al vivere è vinto sanza ferro.

Chi confida più ne' cavagli che ne' fanti, o più ne' fanti che ne' cavagli, si accomodi col sito.

Quando tu vuoi vedere se, il giorno, alcuna spia è venuta in campo, fa' che ciascuno ne vadia al suo alloggiamento.

Muta partito, quando ti accorgi che il nimico l'abbia previsto.

Consigliati, delle cose che tu dèi fare, con molti; quello che di poi vuoi fare conferisci con pochi.

I soldati, quando dimorano alle stanze, si mantengano col timore e con la pena; poi, quando si conducono alla guerra, con la speranza e col premio.

I buoni capitani non vengono mai a giornata se la necessità non gli strigne o la occasione non gli chiama.

Fa' che i tuoi nimici non sappiano come tu voglia ordinare l'esercito alla zuffa: e in qualunque modo l'ordini, fa' che le prime squadre possano essere ricevute dalle seconde e dalle terze.

Nella zuffa non adoperare mai una battaglia ad un'altra cosa che a quella per che tu l'avevi deputata, se tu non vuoi fare disordine.

Agli accidenti subiti con difficultà si rimedia, a' pensati con facilità.

Gli uomini, il ferro, i danari e il pane sono il nervo della guerra; ma di questi quattro sono più necessarii i primi due, perché gli uomini e il ferro truovano i danari e il pane, ma il pane e i danari non truovano gli uomini e il ferro.

Il disarmato ricco è premio del soldato povero.

Avvezza i tuoi soldati a spregiare il vivere delicato e il vestire lussurioso.

Questo è quanto mi occorre generalmente ricordarvi; e so che si sarebbero possute dire molte altre cose in tutto questo mio ragionamento, come sarebbero: come e in quanti modi gli antichi ordinavano le schiere; come vestivano e come in molte altre cose si esercitavano, e aggiugnervi assai particolari i quali non ho giudicati necessarii narrare, sì perché per voi medesimi potete vederli, sì ancora perché la intenzione mia non è stata mostrarvi appunto come l'antica milizia era fatta, ma come in questi tempi si potesse ordinare una milizia che avesse più virtù che quella che si usa. Donde che non mi è parso delle cose antiche ragionare altro che quello che io ho giudicato a tale introduzione necessario. So ancora che io mi arei avuto ad allargare più sopra la milizia a cavallo e di poi ragionare della guerra navale, perché chi distingue la milizia dice come egli è uno esercizio di mare e di terra, a piè e a cavallo. Di quello di mare io non presumerei parlare, per non ne avere alcuna notizia; ma lascieronne parlare a' Genovesi e a' Viniziani, i quali con simili studi hanno per lo addietro fatto gran cose. De' cavagli ancora non voglio dire altro che di sopra mi abbia detto, essendo, come io dissi, questa parte corrotta meno. Oltre a questo, ordinate che sono bene le fanterie, che sono il nervo dello esercito, si vengono di necessità a fare buoni cavagli. Solo ricorderei a chi ordinasse la milizia nel paese suo per riempierlo di cavagli, facesse due provvedimenti: l'uno, che distribuisse cavalle di buona razza per il suo contado e avvezzasse i suoi uomini a fare incete di puledri come voi in questo paese fate de' vitegli e de' muli; l'altro, acciò che gli incettanti trovassero il comperatore, proibirei il potere tenere mulo ad alcuno che non tenesse cavallo, talmente che chi volesse tenere una cavalcatura sola fusse costretto tenere cavallo; e di più, che non potesse vestire di drappo se non chi tenesse cavallo. Questo ordine intendo essere stato fatto da alcuno principe ne' nostri tempi, e in brevissimo tempo avere nel paese suo ridotto una ottima cavalleria. Circa alle altre cose, quanto si aspetta a' cavagli, mi rimetto a quanto oggi vi dissi e a quello che si costuma. Desidereresti forse ancora intendere quali parte debbe avere uno capitano? A che io vi sodisfarò brevissimamente, perché io non saprei eleggere altro uomo che quello che sapesse fare tutte quelle cose che da noi sono state oggi ragionate; le quali ancora non basterebbero, quando non ne sapesse trovare da sé, perché niuno sanza invenzione fu mai grande uomo nel mestiero suo; e se la invenzione fa onore nell'altre cose, in questo sopra tutto ti onora. E si vede ogni invento, ancora che debole, essere dagli scrittori celebrato; come si vede che lodano Alessandro Magno, che, per disalloggiare più segretamente, non dava il segno con la tromba, ma con uno cappello sopra una lancia. È laudato ancora per avere ordinato agli suoi soldati che, nello appiccarsi con gli nimici, s'inginocchiassero col piè manco, per potere più gagliardamente sostenere l'impeto loro; il che avendogli dato la vittoria, gli dette ancora tanta lode, che tutte le statue, che si rizzavano in suo onore, stavano in quella guisa. Ma perch'egli è tempo di finire questo ragionamento, io voglio tornare a proposito; e parte fuggirò quella pena in che si costuma condannare in questa terra coloro che non vi tornano. Se vi ricorda bene, Cosimo, voi mi dicesti che, essendo io dall'uno canto esaltatore della antichità e biasimatore di quegli che nelle cose gravi non la imitano, e, dall'altro, non la avendo io nelle cose della guerra, dove io mi sono affaticato, imitata, non ne potevi ritrovare la cagione; a che io risposi come gli uomini che vogliono fare una cosa, conviene prima si preparino a saperla fare, per potere poi operarla quando l'occasione lo permetta. Se io saprei ridurre la milizia ne' modi antichi o no, io ne voglio per giudici voi che mi avete sentito sopra questa materia lungamente disputare; donde voi avete potuto conoscere quanto tempo io abbia consumato in questi pensieri, e ancora credo possiate immaginare quanto disiderio sia in me di mandargli ad effetto. Il che se io ho potuto fare, o se mai me ne è stata data occasione, facilmente potete conietturarlo. Pure per farvene più certi, e per più mia giustificazione, voglio ancora addurne le cagioni; e parte vi osserverò quanto promissi di dimostrarvi: le difficultà e le facilità che sono al presente in tali imitazioni. Dico pertanto come niuna azione che si faccia oggi tra gli uomini, è più facile a ridurre ne' modi antichi che la milizia, ma per coloro soli che sono principi di tanto stato, che potessero almeno di loro suggetti mettere insieme quindici o ventimila giovani. Dall'altra parte, niuna cosa è più difficile che questa a coloro che non hanno tale commodità. E perché voi intendiate meglio questa parte, voi avete a sapere come e' sono di due ragioni capitani lodati. L'una è quegli che con uno esercito ordinato per sua naturale disciplina hanno fatto grandi cose, come furono la maggior parte de' cittadini romani e altri che hanno guidati eserciti; i quali non hanno avuto altra fatica che mantenergli buoni e vedere di guidargli sicuramente. L'altra è quegli che non solamente hanno avuto a superare il nimico, ma, prima ch'egli arrivino a quello, sono stati necessitati fare buono e bene ordinato l'esercito loro, i quali sanza dubbio meritono più lode assai che non hanno meritato quegli che con gli eserciti antichi e buoni hanno virtuosamente operato. Di questi tali fu Pelopida ed Epaminonda, Tullo Ostilio, Filippo di Macedonia padre d'Alessandro, Ciro re de' Persi, Gracco romano. Costoro tutti ebbero prima a fare l'esercito buono, e poi combattere con quello. Costoro tutti lo poterono fare, sì per la prudenza loro, sì per avere suggetti da potergli in simile esercizio indirizzare. Né mai sarebbe stato possibile che alcuno di loro, ancora che uomo pieno d'ogni eccellenza, avesse potuto in una provincia aliena, piena di uomini corrotti, non usi ad alcuna onesta ubbidienza, fare alcuna opera lodevole. Non basta adunque in Italia il sapere governare uno esercito fatto, ma prima è necessario saperlo fare e poi saperlo comandare. E di questi bisogna sieno quegli principi che, per avere molto stato e assai suggetti, hanno commodità di farlo. De' quali non posso essere io che non comandai mai, né posso comandare se non a eserciti forestieri e a uomini obligati ad altri e non a me. Ne' quali s'egli è possibile o no introdurre alcuna di quelle cose da me oggi ragionate, lo voglio lasciare nel giudicio vostro. Quando potrei io fare portare a uno di questi soldati che oggi si praticano, più armi che le consuete, e, oltra alle armi, il cibo per due o tre giorni e la zappa? Quando potrei io farlo zappare o tenerlo ogni giorno molte ore sotto l'armi negli esercizi finti, per potere poi ne' veri valermene? Quando si asterrebbe egli da' giuochi, dalle lascivie, dalle bestemmie, dalle insolenze che ogni dì fanno? Quando si ridurrebbero eglino in tanta disciplina e in tanta ubbidienza e reverenza, che uno arbore pieno di pomi nel mezzo degli alloggiamenti vi si trovasse e lasciasse intatto come si legge che negli eserciti antichi molte volte intervenne? Che cosa posso io promettere loro, mediante la quale e' mi abbiano con reverenza ad amare o temere, quando, finita la guerra, e' non hanno più alcuna cosa a convenire meco? Di che gli ho io a fare vergognare, che sono nati e allevati sanza vergogna? Perché mi hanno eglino ad osservare che non mi conoscono? Per quale Iddio, o per quali santi gli ho io a fare giurare? Per quei ch'egli adorano, o per quei che bestemmiano? Che ne adorino non so io alcuno, ma so bene che li bestemmiano tutti. Come ho io a credere ch'egli osservino le promesse a coloro che ad ogni ora essi dispregiano? Come possono coloro che dispregiano Iddio, riverire gli uomini? Quale dunque buona forma sarebbe quella che si potesse imprimere in questa materia? E se voi mi allegassi che i Svizzeri e gli Spagnuoli sono buoni, io vi confesserei come eglino sono di gran lunga migliori che gli Italiani; ma se voi noterete il ragionamento mio e il modo del procedere d'ambidue, vedrete come e' manca loro di molte cose ad aggiugnere alla perfezione degli antichi. E i Svizzeri sono fatti buoni da uno loro naturale uso causato da quello che oggi vi dissi, quegli altri da una necessità; perché, militando in una provincia forestiera e parendo loro essere costretti o morire o vincere, per non parere loro avere luogo alla fuga, sono diventati buoni. Ma è una bontà in molte parti defettiva, perché in quella non è altro di buono, se non che si sono assuefatti ad aspettare il nimico infino alla punta della picca e della spada. Né quello che manca loro, sarebbe alcuno atto ad insegnarlo, e tanto meno chi non fusse della loro lingua. Ma torniamo agli Italiani, i quali, per non avere avuti i principi savi, non hanno preso alcuno ordine buono, e, per non avere avuto quella necessità che hanno avuta gli Spagnuoli, non gli hanno per loro medesimi presi; tale che rimangono il vituperio del mondo. Ma i popoli non ne hanno colpa, ma sì bene i principi loro; i quali ne sono stati gastigati, e della ignoranza loro ne hanno portate giuste pene perdendo ignominiosamente lo stato, e sanza alcuno esempio virtuoso. Volete voi vedere se questo che io dico è vero? Considerate quante guerre sono state in Italia dalla passata del re Carlo ad oggi; e solendo le guerre fare uomini bellicosi e riputati, queste quanto più sono state grandi e fiere, tanto più hanno fatto perdere di riputazione alle membra e a' capi suoi. Questo conviene che nasca che gli ordini consueti non erano e non sono buoni; e degli ordini nuovi non ci è alcuno che abbia saputo pigliarne. Né crediate mai che si renda riputazione alle armi italiane, se non per quella via che io ho dimostra e mediante coloro che tengono stati grossi in Italia; perché questa forma si può imprimere negli uomini semplici, rozzi e proprii, non ne' maligni, male custoditi e forestieri. Né si troverrà mai alcuno buono scultore che creda fare una bella statua d'un pezzo di marmo male abbozzato, ma sì bene d'uno rozzo. Credevano i nostri principi italiani, prima ch'egli assaggiassero i colpi delle oltramontane guerre, che a uno principe bastasse sapere negli scrittoi pensare una acuta risposta, scrivere una bella lettera, mostrare ne' detti e nelle parole arguzia e prontezza, sapere tessere una fraude, ornarsi di gemme e d'oro, dormire e mangiare con maggiore splendore che gli altri, tenere assai lascivie intorno, governarsi co' sudditi avaramente e superbamente, marcirsi nello ozio, dare i gradi della milizia per grazia, disprezzare se alcuno avesse loro dimostro alcuna lodevole via, volere che le parole loro fussero responsi di oraculi; né si accorgevano i meschini che si preparavano ad essere preda di qualunque gli assaltava. Di qui nacquero poi nel mille quattrocento novantaquattro i grandi spaventi, le subite fughe e le miracolose perdite; e così tre potentissimi stati che erano in Italia, sono stati più volte saccheggiati e guasti. Ma quello che è peggio, è che quegli che ci restano stanno nel medesimo errore e vivono nel medesimo disordine, e non considerano che quegli che anticamente volevano tenere lo stato, facevano e facevano fare tutte quelle cose che da me si sono ragionate, e che il loro studio era preparare il corpo a' disagi e lo animo a non temere i pericoli. Onde nasceva che Cesare, Alessandro e tutti quegli uomini e principi eccellenti, erano i primi tra' combattitori, andavano armati a piè, e se pure perdevano lo stato, e' volevano perdere la vita; talmente che vivevano e morivano virtuosamente. E se in loro, o in parte di loro, si poteva dannare troppa ambizione di regnare, mai non si troverrà che in loro si danni alcuna mollizie o alcuna cosa che faccia gli uomini delicati e imbelli. Le quali cose, se da questi principi fussero lette e credute, sarebbe impossibile che loro non mutassero forma di vivere e le provincie loro non mutassero fortuna. E perché voi, nel principio di questo nostro ragionamento, vi dolesti della vostra ordinanza, io vi dico che, se voi la avete ordinata come io ho di sopra ragionato ed ella abbia dato di sé non buona esperienza, voi ragionevolmente ve ne potete dolere; ma s'ella non è così ordinata ed esercitata come ho detto, ella può dolersi di voi che avete fatto uno abortivo, non una figura perfetta. I Viniziani ancora e il duca di Ferrara la cominciarono e non la seguirono, il che è stato per difetto loro, non degli uomini loro. E io vi affermo che qualunque di quelli che tengono oggi stati in Italia prima entrerrà per questa via, fia, prima che alcuno altro, signore di questa provincia; e interverrà allo stato suo come al regno de' Macedoni, il quale, venendo sotto a Filippo che aveva imparato il modo dello ordinare gli eserciti da Epaminonda tebano, diventò, con questo ordine e con questi esercizi, mentre che l'altra Grecia stava in ozio e attendeva a recitare commedie, tanto potente che potette in pochi anni tutta occuparla, e al figliuolo lasciare tale fondamento, che potéo farsi principe di tutto il mondo. Colui adunque che dispregia questi pensieri, s'egli è principe, dispregia il principato suo; s'egli è cittadino, la sua città. E io mi dolgo della natura, la quale o ella non mi dovea fare conoscitore di questo, o ella mi doveva dare facultà a poterlo eseguire. Né penso oggimai, essendo vecchio, poterne avere alcuna occasione; e per questo io ne sono stato con voi liberale, che, essendo giovani e qualificati, potrete, quando le cose dette da me vi piacciano, ai debiti tempi, in favore de' vostri principi, aiutarle e consigliarle. Di che non voglio vi sbigottiate o diffidiate, perché questa provincia pare nata per risuscitare le cose morte, come si è visto della poesia, della pittura e della scultura. Ma quanto a me si aspetta, per essere in là con gli anni, me ne diffido. E veramente, se la fortuna mi avesse conceduto per lo addietro tanto stato quanto basta a una simile impresa, io crederei, in brevissimo tempo, avere dimostro al mondo quanto gli antichi ordini vagliono; e sanza dubbio o io l'arei accresciuto con gloria o perduto sanza vergogna.